Dados Internacionais de Catalogação na Publicação (CIP) de acordo com ISBD

Rivera, Bueno de

Roteiro de Minas / Bueno de Rivera. - 2. ed. - Belo Horizonte - MG : Garnier, 2021.

180 p. ; 14cm x 21cm.

Inclui índice.
ISBN: 978-65-86588-10-1

1. História do Brasil. 2. Minas Gerais. I. Título.

2021-984

CDD 981
CDU 94(81)

Índice para catálogo sistemático:

1. História do Brasil 981
2. História do Brasil 94(81)

ROTEIRO DE MINAS

Diretor editorial
Henrique Teles

Produção editorial
Eliana S. Nogueira

Arte gráfica
Ludmila Duarte

Revisão
Eduardo Satlher Ruella

Fotos
Peter Scheier
e
Marcel Gautherot

EDITORA GARNIER
Belo Horizonte
Rua São Geraldo, 67 - Floresta - Cep.: 30150-070 - Tel.: (31) 3212-4600
e-mail: vilaricaeditora@uol.com.br

BUENO DE RIVERA

ROTEIRO DE MINAS

GARNIER
desde 1844

Copyright © 2021 Editora Garnier.

Todos os direitos reservados pela Editora Garnier.
Nenhuma parte desta publicação poderá ser reproduzida
sem a autorização prévia da Editora.

ÍNDICE

Conheça, Antes os Mineiros 9
Um Roteiro 11
Belo Horizonte 13
Pampulha 25
Ouro Preto 31
Mariana 51
Sabará 67
Congonhas 77
São João del-Rei 99
Tiradentes 109
Diamantina 117
Santa Luzia 127
Outros Lugares Históricos 131
A Estâncias Balneárias 151
Balneários 153
Veraneio 167
Excursões 171
Índice das Pranchas Coloridas 178

Conheça, Antes os Mineiros

Mineiro não é desconfiado: é manhoso. Com astúcia, mede os gestos e as palavras do interlocutor, como se observasse um adversário.

É retraído, lento, espia de lado. Não se ofende ao ser chamado de ingênuo. Isso facilita-lhe os negócios.

Mineiro quando quer, não diz. Faz que vai, não vai. Aproveita as falhas do jogo. Briga calado. Boi sonso, marrada certa.

É um homem de conversa mansa. Fala baixo. Tem horror à elegância, à controvérsia e à empáfia.

É um povo sem lirismo. Imediatista, pragmático. Não divaga.

Quem disse que mineiro não resolve na hora? Quando ele diz: "volte amanhã", você não precisa voltar. Já resolveu.

Duas profissões criadas sob medida para mineiros: primeiro-ministro e gerente de banco.

Minas não dá grande importância à glória de seus filhos. Não louva muito as suas obras, nem canta os seus feitos. Você já imaginou o Tiradentes gaúcho, o Aleijadinho paulista ou Santos Dumont nascido na Bahia? Seriam monumentos, bandeiras e museus, e exaltados profusamente em sambas.

Há mineiros que nasceram em outras regiões e que nunca vieram a Minas. Machado de Assis, por exemplo.

Minas não é um Estado da Federação; é um estado de espírito.

Bueno de Rivera

1 . OURO PRETO

UM ROTEIRO

Cidades Históricas

Para que se torne mais fácil a sua visita às cidades históricas, e trazer-lhe economia de tempo e de dinheiro, damos, a seguir, um roteiro prático. Se você vem do Rio ou de São Paulo, ou de qualquer parte do País, o melhor é atingir, primeiro, Belo Horizonte. Pode-se viajar de trem, de ônibus ou de avião até a Capital de Minas.

Em Belo Horizonte, você demorará um ou dois dias: visitará a Pampulha, os bairros modernos, dará uma volta pela cidade, etc,

Em Belo Horizonte, tome um ônibus na Estação Rodoviária (se não tem automóvel) e vá à cidade de Sabará. Vá pela manhã.

Almoce em Sabará, visite os templos e o Museu do Ouro e volte, à tarde, para Belo Horizonte. Se quiser, pode, também, visitar Santa Luzia, outra cidade histórica. Vai-se de ônibus em uma hora. Volte no mesmo dia a Belo Horizonte.

No dia seguinte, cedo, tome um ônibus com destino a Ouro Preto, na Estação Rodoviária.

Chegará a Ouro Preto duas horas depois.

Almoce. E comece, depois da sesta, a visita aos templos e aos monumentos. Não pode vê-los, a todos, num só dia. Gastará um ou dois, no mínimo.

No terceiro dia, tome um ônibus em Ouro Preto e vá ver Mariana. Se preferir, pode ir à tardinha, e dormir.

Volte no outro dia para Ouro Preto. Ali, se tiver automóvel à disposição, tome-o e siga para Congonhas. Se não, volte para Belo Horizonte, de ônibus, durma e, no dia seguinte, cedinho, tome o ônibus para Congonhas.

Almoce em Congonhas, visite o Santuário, os Profetas e os Passos. Pode fazer a visita num só dia.

À tarde, regresse a Belo Horizonte; ou, então, alugue um carro e vá, pela BR-040, até Barbacena. São 88 quilômetros de asfalto.

Se não for possível alugar um carro, volte, então, mais uma vez, a Belo Horizonte, e siga para Barbacena de ônibus. Durma ali. Existem bons hotéis (inclusive o luxuoso Grogotó, de veraneio).

De Barbacena, rume de ônibus para São João del-Rei. Visite as igrejas e os monumentos. Durma.

No dia seguinte, cedo, tome um ônibus para Tiradentes. Visite a velha cidade e volte à tarde. Durma, mais uma noite, em São João del-Rei, e volte para Barbacena na manhã seguinte.

Em Barbacena, tome um ônibus Belo Horizonte-Rio ou Brasília-Rio. Está terminada a sua visita a seis principais cidades históricas de Minas. Oito ou dez dias de um passeio inesquecível.

2 . CONGONHAS

BELO HORIZONTE

Ao fazer a sua viagem às cidades históricas de Minas, o marco inicial deve ser Belo Horizonte, pois, daí, você poderá facilmente atingir os lugares a que se destina.

Partem da capital mineira estradas asfaltadas para Ouro Preto, Congonhas, Mariana, Sabará e pode-se alcançar, ainda, São João del-Rei e Tiradentes, via Entre Rios ou Barbacena.

Em Belo Horizonte, enquanto espera a condução, poderá dar uma voltinha pela cidade e conhecê-la.

Belo Horizonte não é um lugar com muitos atrativos para o turista, mas possui bairros modernos e um conjunto arquitetônico - o da Pampulha - que você deve conhecer. Na Pampulha, estão as obras mais representativas da arquitetura moderna brasileira, e três nomes deram o melhor de sua arte para a realização dessa maravilha: Portinari, Niemeyer, e Burle Marx, artistas famosos. Mais adiante, você encontrará dados completos sobre a Pampulha.

3. CONGONHAS

Aos poucos, o nome de Belo Horizonte foi se tornando familiar aos habitantes de outras Capitais e Estados. Antigamente, quando o carioca ou o paulista destinava-se a Belo Horizonte, dizia aos amigos e à família: "Vou a Minas". Minas e sua Capital se confundiam, e esta era pouco citada. Nenhuma importância dava-se à sua beleza, ao seu traçado, à sua expansão. Era sempre assim.

Mas Belo Horizonte foi crescendo, crescendo, sem nenhuma promoção publicitária, sem alarde. Atingiu um grau de densidade demográfica dos mais altos do País. É, hoje, uma cidade de mais de dois milhões de habitantes e, oficialmente, considerada a terceira do Brasil em população.

É, não resta dúvida, uma cidade bonita: ruas largas, iguais, arborizadas. A arborização é das mais perfeitas do mundo. A densidade do tráfego obrigou a retirada da arborização da sua avenida principal. Esta, porém, com isso, ganhou em beleza. Foi considerada a metrópole com melhor qualidade de vida da América Latina pelo *Population Crisis Commitee* da ONU.

É uma cidade difícil para o visitante de primeira viagem. Suas ruas do centro são parecidíssimas umas com as outras, quebrada essa monotonia de linhas e aspectos pela Avenida Afonso Pena e pela Avenida Amazonas, as mais belas. Andar a pé ou de carro (guiando) em Belo Horizonte, requer cuidados: as quadras são pequenas e, geralmente, quatro ruas embicam em cada cruzamento, formando inúmeras praças.

A cidade possui bom movimento e excelente comércio. Magazines, shopping centers, boas casas de modas e grandes mercearias. Há várias casas de chá, bares com música ao vivo, boates para as suas noites. Restaurantes típicos: comida italiana, chinesa, árabe, portuguesa e... mineira.

O clima é dos melhores do mundo. O inverno é seco e o verão chuvoso. Ar puríssimo, ar de montanha, altitude média de 860 metros. O céu alto, muito azul. E o vento que vem da Serra do Curral sopra as árvores e os cabelos. As noites são frias. Mais que frescas, frias. Mesmo no verão, em certos bairros, cobrem-se com cobertores para dormir. Noites lavadas, quietas, sono fundo. Descansa-se bem em Belo Horizonte.

É uma cidade não muito plana. Mas, não há ladeiras fortes. Está situada numa bacia entre montanhas da Serra do Curral, que lhe servem de moldura natural.

Os poetas cantaram o por do sol em Belo Horizonte. É realmente bonito. Você que é viajado, nunca viu um igual. Se for ao alto do bairro da Floresta, Serra ou ao bairro do Cruzeiro, à tarde, verá que o por do sol em Belo Horizonte justifica essa euforia dos poetas.

Nas ruas da Capital de Minas veem-se poucas pessoas idosas. A gente nova tomou conta da cidade.

A cidade possui, como as outras capitais, a mania de arranha-céus. Terreno caro. Nos outros tempos, mineiro não tolerava apartamento. Hoje, adora. E os edifícios se multiplicam, já alcançando os bairros.

Há favelas nos morros: "Cabeça-de-Porco", "Pindura Saia", "Pau Comeu", "Copacabana", "Faz Quem Quer", "Urubu", "Nova Brasília"... As casas tinham, acima do portal, o escudo da União de Defesa Coletiva das Favelas. Não têm mais.

E há bairros modernos, arquitetura avançada, como a Cidade Jardim, Mangabeiras, Luxemburgo, São Bento, Pampulha, que causam espanto aos próprios arquitetos de vanguarda, pela concepção arrojada. Tome um ônibus e vá conhecê-los.

Belo Horizonte mudou muito nos últimos anos. Já não é mais a cidade dos escorpiões. Foram totalmente extintos, e não há um só exemplar para coleção. Não é mais a cidade dos tuberculosos. Todo o carioca, doente do peito, ou buscava a Suíça ou procurava Belo Horizonte. Hoje, não. Outras cidades climáticas de Minas arrebataram-lhe o título de cidade-sanatório.

Com a construção de várias rodovias, a BR-040 (Rio-B. Horizonte), a BR-040 (B. Horizonte-Brasília), a BR-381 (São Paulo-B. Horizonte) e a BR-262 (B. Horizonte-Vitória), a capital mineira tornou-se o grande eixo de um sistema de estradas, básico para o desenvolvimento do Estado e do País. Passam, obrigatoriamente, por Belo Horizonte os viajantes que fazem o percurso rodoviário Rio-Brasília e muitos dos que vão de São Paulo à Capital Federal. O Sul de Minas, que desconhecia totalmente a sua capital, mantém, agora, intercâmbio intenso através da rodovia Fernão Dias.

Assim, Belo Horizonte que, antigamente, era um lugar de acesso difícil aos litorâneos, considerada, mesmo, uma urbe moderna em pleno sertão, é, hoje, depois da construção das estradas e de Brasília, uma cidade próxima. E todos se espantam ao encontrá-la, arrojada, progressista, em expansão.

Considerada a terceira capital mais industrializada, no panorama econômico do País, Belo Horizonte pode mostrar ao visitante o "Parque Industrial", uma verdadeira cidade planejada para a localização de indústrias de base. Não deixe de vê-la, há ônibus de cinco em cinco minutos.

Antigamente, Belo Horizonte era chamada uma cidade de estudantes, funcionários e soldados. Hoje, as três classes não predominam mais. Estudantes há, e demais. As escolas de Minas têm fama. Outras classes dominam, agora: comerciários, industriários, bancários. Estes numerosos. Há pelo menos uma agência bancária em cada quarteirão (quadra) das ruas centrais da cidade.

Há clubes fechados, há clubes abertos, e suntuosas sedes recreativas. Cinemas, teatros, galerias de arte, museus.

Os bondes, lerdos, já desapareceram. Alguns foram até vendidos... Surgem, substituindo-os, os moderníssimos ônibus.

Dito isto iniciemos os passeios recomendados aos que visitam a capital de Minas.

PRANCHA 1

PRANCHA 2

PRANCHA 3

PRANCHA 4

PRANCHA 5

PRANCHA 6

PRANCHA 7

PRANCHA 9

PAMPULHA

Você está em Belo Horizonte. Antes de iniciar a sua viagem às cidades históricas de Minas, dê um passeio à Pampulha.

Mas, o que é a Pampulha?

Antigamente, a Pampulha era um lugar abandonado, nas cercanias da capital. Pequenos sítios. Um riozinho perdia-se num brejo, onde sangra-d'águas rompiam tímidas e os sapos orquestravam para as estrelas. Uma localidade erma, solidão de descampados.

Dois prefeitos de Belo Horizonte tomaram a iniciativa, cada qual em seu período, de transformar a Pampulha em centro de interesse, urbanizando-a. O primeiro, Otacílio Negrão de Lima, canalizou o córrego, construiu o lago artificial, loteou as margens, saneou o local e rasgou longa avenida, ligando o bairro à cidade. O segundo, Juscelino Kubitschek de Oliveira, completou a urbanização, construiu a barragem, pavimentou a avenida que circunda o lago, plantou palmeiras ao longo das vias, e tomou, depois, a resolução de fazer da Pampulha um lugar de atração turística: planejou a construção de um conjunto moderno às margens da lagoa.

Juscelino convidou o arquiteto Niemeyer, o pintor Cândido Portinari e paisagista Burle Marx para a realização da grande obra.

Passo a passo, dos projetos audaciosos, foram surgindo as maravilhas da arquitetura moderna, que são: a Igreja de São Francisco, o Iate, o Cassino e a Casa do Baile. O melhor material foi empregado na sua execução.

Completo, enfim, o conjunto e, logo, a sua fama alcançou o mundo inteiro. Os jornais abriram manchetes, revistas especializadas de vários países publicaram estudos sobre o arrojado empreendimento.

E a Pampulha viveu momentos de glória. Havia o jogo, e o Cassino era um ponto alto na vida noturna da cidade. Espetáculos com astros de Hollywood, orquestras internacionais, fortunas consumidas nas roletas. Era o vício coroado o senhor das noites memoráveis. Uma miniatura de Las Vegas e Monte Carlo. Milionários esbanjavam dinheiro fácil, entre a espelharia, pano verde, champanha, decotes e jazz. Um suicídio por semana: perdedores, arruinados, jogavam-se no lago, afogando o seu infortúnio nas águas coloridas e ao som de violinos desesperados, no último número. Esplendor e tragédia marcaram a vida do Cassino. Essa sua fase bem merecia um capítulo à parte.

Veio, depois, e de súbito, a proibição do jogo. Foi água fria na fervura. Voltou a calma à paisagem pampulhana. Os seus monumentos, luzes apagadas, caíram no esquecimento.

O Cassino, fechado, começou a sofrer a corrosão; as paredes de vidro partiam-se, o teto manchava-se, os assoalhos trincavam-se, os tapetes, a prataria, os espelhos, tudo cobria-se de traças, ferrugem e mofo. Colunas abaladas. (Seria a maldição?).

A Casa do Baile foi cercada pelo mato, que invadia, também, as alamedas.

A Igreja de São Francisco, abandonada, suja, furada de goteiras. Os altares e os painéis perdiam a forma e a cor, com a infiltração das chuvas, e a igrejinha acabava-se, ante o olhar aflito de São Francisco. A porta principal com os vidros estilhaçados, a torre desolada e negra. Tudo cercado pela grama selvagem.

E para completar a decadência, rompeu-se, um dia, a barragem. Foi numa Sexta-feira da Paixão. As águas inundaram os vales vizinhos, derrubaram cafuas próximas, alagaram um aeroporto nas imediações. Calamidade. O lago secou. Era a desolação.

Houve o pânico. Temeu-se, então, pela estrutura dos monumentos. Fizeram-se apelos. Os jornais clamavam pela imediata recuperação.

Diante do drama, na iminência do desaparecimento da obra, o governo federal e o municipal tomaram a iniciativa de reconquistar a Pampulha. Pintores, arquitetos e engenheiros foram convocados. Os intelectuais tomaram posição, e alguns milionários compreensivos contribuíram para a recuperação da igreja e do ex-cassino. Construiu-se nova barragem, voltaram as águas azuis saneadas, vieram novas construções.

Hoje, felizmente, o aspecto é outro: restauraram-se as pinturas e os mosaicos, substituíram-se materiais perecíveis, restituíram, enfim, os edifícios à sua feição primitiva.

A Pampulha voltou a dominar, ostentando a mais arrojada concepção de arquitetura moderna, no Brasil.

Você deve visitá-la, em sua rápida estada em Belo Horizonte. Eis os seus edifícios:

IGREJA DE SÃO FRANCISCO

O projeto é de Oscar Niemeyer, as pinturas são de Portinari, os jardins de Burle Marx e as esculturas de Ceschiatti.

O edifício tem a aparência de um hangar. O hangar de Deus, na expressão do arquiteto. Não é vasta, na sua estrutura de concreto armado. Conjunto harmonioso, de linhas leves. A torre separada do corpo da igreja, tem como que a base invertida. E um caule crescendo e a flor no alto se abrindo. A sineira singela.

A porta do templo é de vidro e corrediça. Nas paredes externas, na esquerda e na direita, painéis de Portinari. Na parede de trás, o grande painel do genial pintor brasileiro, representando São Francisco pregando às aves e aos peixes. E montado com azulejos e predomina o azul. As aves movimentam-se sobre a cabeça do santo, e os peixes, de formas várias, saltam, quase voam, buscando a palavra de Francisco. O santo tem uns olhos pungentes e uma face de menino, espantado com o próprio milagre. Notáveis os pés, as mãos e a túnica. E uma das obras mais belas da pintura universal.

O interior do templo, que não é muito claro, apresenta um conjunto primoroso entre arquitetura e decoração. À esquerda, o batistério, de autoria do mineiro Alberto Ceschiatti. Nas faces de pedra - puro primitivismo - as figuras ingênuas de Adão e Eva. Nas paredes laterais, a Via-Sacra, um dos mais vigorosos trabalhos de Portinari. São doze quadros marcantes. Saem da moldura, com a insistência de oratórios com figurantes vivos. Uma preciosidade.

Na capela-mor, tomando toda a parede do fundo, destaca-se o monumental quadro de Cândido Portinari: "São Francisco e o Leproso". O santo é gigantesco, forte, domina a cena. Os olhos são enormes, guardam o choro contido. As mãos, como aves assustadas. Os pés e pernas, como descarnados e sangrando. A meia túnica, as chagas, os braços em movimento. É um espantalho divino no seu humano trágico. Inesquecível. Esse São Francisco não sairá mais de sua memória. Ao lado do santo, estão o leproso e o cão. Outras figuras, mulheres, meninos e plebeus, completam o extraordinário painel.

O coro, a que se atinge por uma escadinha difícil, as arcadas e o piso são outros atrativos no interior desse "hangar de Deus" que é a Igreja de São Francisco da Pampulha.

MUSEU DE ARTE

O prédio foi destinado, inicialmente, a um cassino, que ali funcionou, no tempo do jogo.

Hoje, instala-se nele o Museu de Arte de Belo Horizonte, com exposições, conferências sobre arte moderna, balés, reuniões de estetas.

O edifício é o que há de mais moderno pela sua fisionomia arquitetônica. Construção de concreto, paredes de vidro, pavimentação com tábuas de paucetim e raiz de nogueira, espelharia, escadas, colunatas. À frente, a "Mulher Deitada", graciosa, em linhas modernas, de busto insolente, ancas e pescoço largos. A escultura pousa no promontório, onde também se ostenta o palácio de vidro.

O Museu de Arte fica à margem direita do lago e é de fácil acesso por ônibus.

CASA DO BAILE

Tem a forma redonda, situa-se numa ilha e é ligada à avenida circular por uma ponte. Mais parece uma xícara chinesa, onde os azulejos dão o tom azul vivo. Possui um grande salão para danças. Paredes de vidro. O edifício está abandonado. Nele não se realizam reuniões. Não justifica o título. Não tem destinação, por enquanto.

IATE

O Iate Tênis Clube, como os outros edifícios, é um projeto de Oscar Niemeyer. Tem a forma de um pequeno navio ancorado. Belíssimo. Paredes de vidro, varandas com uma visão esplêndida do lago, piscinas, quadras de esportes. Um notável painel de Portinari. É dos melhores clubes da cidade.

PIC

O Pampulha Iate Clube é um dos mais modernos edifícios da América Latina. Vasto, de construção esmerada. Cristais, painel de Burle Marx, o PIC vem acrescentar ao conjunto arquitetônico da Pampulha mais um motivo de atração, completando-o. Quadras de vôlei, tênis, imensas piscinas, iluminação deslumbrante.

JARDIM ZOO-BOTÂNICO

Área de um milhão de metros quadrados, à margem da represa da Pampulha. Arborização profusa. Magníficos exemplares da fauna brasileira e da fauna exótica. Constitui um passeio agradável.

MINEIRÃO

É assim que os mineiros chamam o Estádio Magalhães Pinto. Na sua inauguração, em setembro de 1965, cerca de cem mil pessoas lá estiveram. Você, mesmo não gostando de futebol, ficará impressionado: é o segundo maior estádio coberto do mundo, só menor que o Maracanã, com capacidade para 130 mil espectadores (70 mil nas arquibancadas, 20 mil nas cadeiras, 40 mil nas gerais). As instalações compreendem acomodações para 480 pessoas, vestiários com banheiras térmicas, 86 conjuntos sanitários, 3 elevadores, estacionamento para 5 mil automóveis e 32 cabines para a imprensa e emissoras de TV e rádio. Há, além disso, um Conjunto Esportivo Externo, destinado a universitários e amadores, com instalações para a prática de diversos esportes. Chegar lá é fácil: segue-se a Avenida Antônio Carlos, até uma distância de pouco mais de sete quilômetros, contados da Praça Sete, e logo se vê à esquerda a monumental praça de esportes. Há um outro caminho, pelo Engenho Nogueira, um pouco complicado, mas preferido por muitos em dias de jogo, por causa da movimentação muito grande da via principal. Outra via de acesso é pela Avenida Catalão, que começa na Pedro II. Em dia de jogo, há também ônibus especiais, que saem da Avenida Santos Dumont.

Logo do lado, ficam as obras da Cidade Universitária. Já funcionam o Colégio Universitário e a Reitoria, cuja sede está instalada em edifício moderníssimo. Um dos mais belos do Brasil, com excelente auditório e imponente galeria onde é frequente a realização de importantes exposições de arte.

OUTROS PASSEIOS PELA CIDADE

PARQUE DAS MANGABEIRAS - Possui várias atrações. Trilhas pela floresta nativa, mirante, lago e área de lazer.

PARQUE MUNICIPAL - Possui belos recantos, um lago, um barzinho entre árvores, "playground", ótima pista para ciclistas, fontes, barcos, pontes rústicas. Fica situado no centro de Belo Horizonte, ocupando uma área considerável.

PRAÇA DA LIBERDADE - Ainda conserva o jardim e as palmeiras primitivas. Tem a disposição das praças antigas. Na Praça da Liberdade encontram- se o Palácio do Governo, o Palácio do Arcebispo, as Secretarias das Finanças, Educação, Viação, Interior e Segurança; algumas ostentando a arquitetura de fim de século, pois foram construídas no início da capital; lá por 1897 e 1898. Destaca-se do conjunto o moderníssimo edifício da Biblioteca do Estado, concepção de Niemeyer.

PRAÇA RAUL SOARES - Simetria perfeita das aleias, vasta e com maravilhosa disposição dos jardins. Uma das bonitas praças do Brasil.

MINAS TÊNIS CLUBE - Completa organização esportiva. Piscinas, campos de esportes, restaurante, imenso ginásio para competições atléticas. O restaurante está aberto ao público. De sua varanda descortina-se toda a praça de esportes. Para visita a outras dependências do Minas, é necessário entendimento prévio com a administração. Rua da Bahia, 2244, próximo à Praça da Liberdade.

MUSEU HISTÓRICO DA CIDADE - Acha-se instalado na antiga Fazenda do Leitão, o único prédio que restou do antigo Curral Del Rei. Fica à Rua Bernardo Mascarenhas, na Cidade Jardim, um bairro que é uma atração pelo casario moderno. O Museu guarda preciosas relíquias dos primeiros tempos da capital, documentação, iconografia, gráficos, vistas e jornais do início de Belo Horizonte.Possui um anexo para exposições temporárias.

CIDADE INDUSTRIAL - Um dos maiores parques industriais do Brasil. Indústrias pesadas. Edifícios modernos para as fábricas. Tudo planejado. Largas avenidas. Uma impressionante paisagem de chaminés. Vale a pena a sua visita, pois terá a visão de um núcleo de trabalho, planificado, movimentado, orientado pela melhor técnica e em ambiente saudável. A Cidade Industrial dista 9 km do centro da capital, à qual é ligada pela Avenida Amazonas, larga via asfaltada. Vários ônibus.

BAIRROS MODERNOS - Visite Mangabeiras, Luxemburgo, Cidade Jardim, São Bento, Cidade Nova, que possuem notáveis residências de estilo funcional e marcas de arrojada arquitetura moderna. Da Cidade Jardim, dê uma volta até a Barragem Santa Lúcia, no final do Bairro Paris. Passeio agradável.

TEMPLOS - Recomendamos a Igreja de São José, no centro da cidade, construção de 1905, a Basílica de Lourdes, na Rua da Bahia, imponente nas suas linhas góticas, a Matriz da Boa Viagem, construída no lugar da antiga capelinha do Curral del-Rei, a Igrejinha de São Francisco na Pampulha (já descrita) e a Igreja de N. Sra. das Dores da Floresta.

ARQUIVO PÚBLICO MINEIRO - Além da vasta coleção de documentos da História mineira, manuscritos e registros autênticos, o Arquivo Público apresenta, numa de suas salas, curiosas peças, dignas da admiração dos visitantes: moedas antigas, balanças, instrumentos de suplício dos tempos da Colônia, quadros, fotografias e valiosos autógrafos, como os de Tiradentes, Tomás Antônio Gonzaga, Cláudio Manuel da Costa e Antônio Francisco Lisboa, o Aleijadinho. O Arquivo está instalado no antigo prédio da Prefeitura, à Rua Aimorés, 1450. Aberto, diariamente, de 12 às 17 horas, exceto às segundas-feiras e domingos.

OUTRAS VISITAS - Recomendamos, ainda, um passeio ao Retiro das Pedras, ao Morro do Chapéu e ao Country Clube, todos nos arredores da cidade; ao alto da Floresta e ao final da Avenida Afonso Pena, no cruzeiro, belíssima visão panorâmica.

4 . SABARÁ

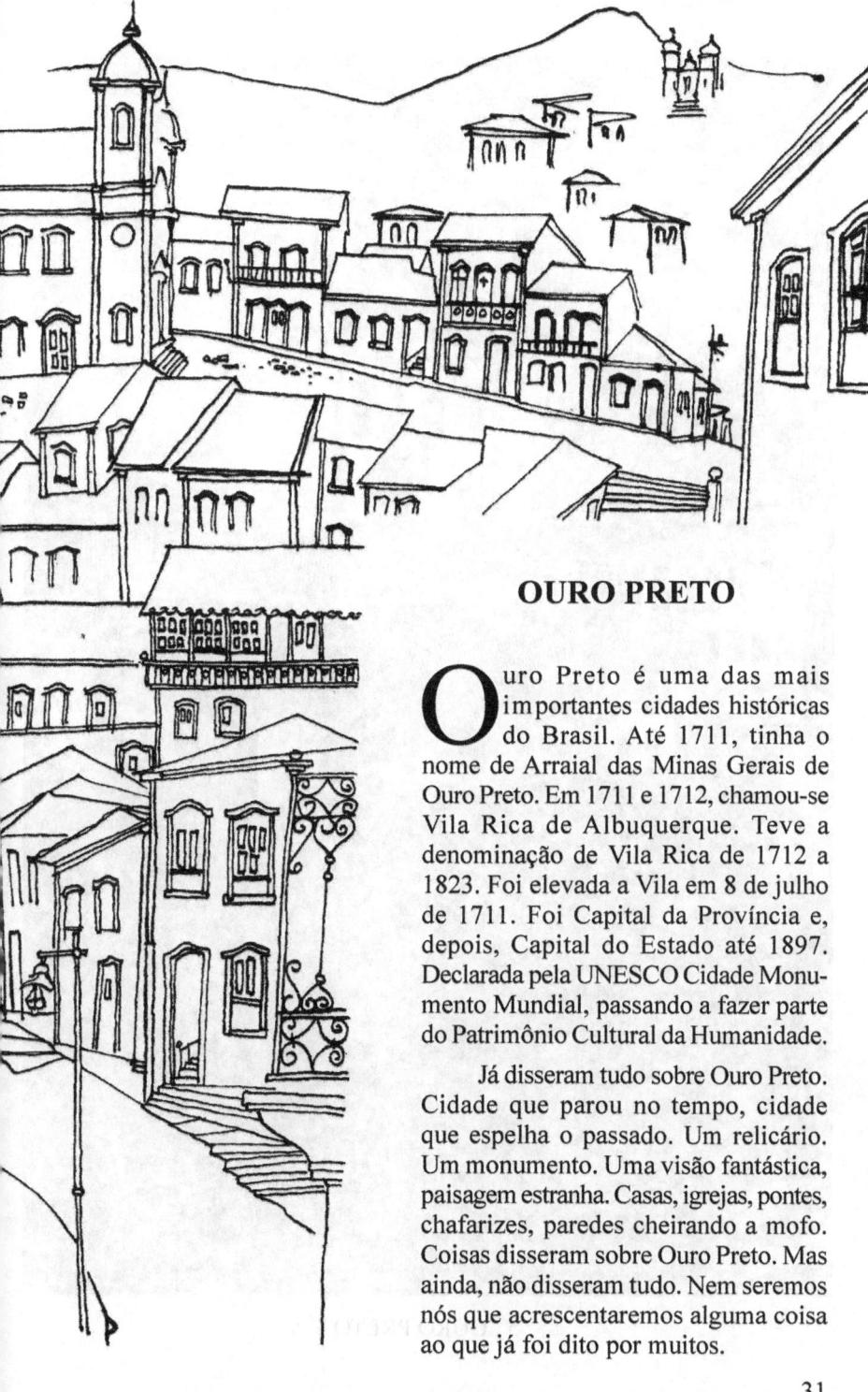

OURO PRETO

Ouro Preto é uma das mais importantes cidades históricas do Brasil. Até 1711, tinha o nome de Arraial das Minas Gerais de Ouro Preto. Em 1711 e 1712, chamou-se Vila Rica de Albuquerque. Teve a denominação de Vila Rica de 1712 a 1823. Foi elevada a Vila em 8 de julho de 1711. Foi Capital da Província e, depois, Capital do Estado até 1897. Declarada pela UNESCO Cidade Monumento Mundial, passando a fazer parte do Patrimônio Cultural da Humanidade.

Já disseram tudo sobre Ouro Preto. Cidade que parou no tempo, cidade que espelha o passado. Um relicário. Um monumento. Uma visão fantástica, paisagem estranha. Casas, igrejas, pontes, chafarizes, paredes cheirando a mofo. Coisas disseram sobre Ouro Preto. Mas ainda, não disseram tudo. Nem seremos nós que acrescentaremos alguma coisa ao que já foi dito por muitos.

5 . OURO PRETO

Ouro Preto é uma cidade igual às outras? Não. É mais viva, mais humana: há um drama em cada esquina, uma história em cada solar. Muitas histórias. Os fantasmas do Aleijadinho e do Tiradentes, dois apelidos célebres, passeiam as suas barbas longas e as suas túnicas pelas ladeiras seculares. Tiradentes, o grande herói do mais importante movimento pela independência do Brasil - a Inconfidência Mineira de 1789 - cuja sede foi Ouro Preto. Aleijadinho, um genial artista com sua vida atormentada e trágica.

Ouro Preto precisa ser vista. E vista pelos famintos do retrospectivo. Ela é um século inteiro, o século dezoito.

É uma cidade diante da qual nos emudecemos, perplexos, e na qual temos vontade de morar, de vegetar, de morrer. Uma cidade profundamente mística, de uma religiosidade medieval: Irmandades de cor e de classe, os brancos, os nobres, os pretos, os pardos. Há imagens de São Luís Rei de França e Santa Isabel Rainha da Hungria. Mas há, também, São Benedito e Santa Efigênia. Uma comunidade cristã povoa os seus altares.

Ao contrário do que você pensa, Ouro Preto não é uma cidade triste, nem solene. É alegre. Seu povo é jovial, malicioso, comunicativo. Gente risonha, tranquila, que não teme nem acredita nos seus fantasmas familiares e identifica-se facilmente com os turistas ávidos. Muito cordial.

A cidade faz parte do circuito do ouro e tem vida cultural própria. Durante a Semana Santa Ouro Preto revive os rituais religiosos do século XVII. Suas ruas históricas cobrem-se de tapetes feitos de flores, testemunhos de uma fé antiga e constante. A 21 de abril comemora-se o dia de Tiradentes e a cidade volta a ser, por um dia, a Capital do Estado. Há ainda o Festival de Inverno que acontece no mês de julho e um carnaval animado e famoso.

Prepare-se, porém, para percorrer as ladeiras. Use sapatos folgados, roupa leve. Ande devagar. O passeio cansa, se você não dispuser de tempo. Lembre-se que é uma viagem ao século dezoito, quando não se usava automóvel, mas liteira. Não quero dizer que não se pode andar de carro em Ouro Preto. Anda-se e muito bem. Mas você perde muita coisa interessante, pois a visita aos monumentos é uma autêntica via-sacra: pára-se, comenta-se, observa-se. Um detalhe aqui, uma descrição, um chafariz, um pedaço de muro, as pedras, os portões, as sacadas, tudo merece ser olhado, tocado e guardado na memória.

Estando em Ouro Preto, volte o pensamento aos seus antepassados. Imagine uma época difícil, sem estradas, sem telefone, sem ônibus ... O tempo daquelas ruas e daquelas casas. Casas de arcos, umas agarradinhas às outras, portas com escadinhas, lampiões, mesas de jacarandá, espelhos ovais nas alcovas sem ogivas, uma cozinha de fogão de lenha. E um quintal imenso, onde seu avô enchia o bornal de laranjas ou jabuticabas. Imagine seu avô, a cavalo, nas ruas de Ouro Preto. Subindo, subindo, as mãos nas rédeas do alazão. Ele, nem de longe, poderia sonhar naquele instante que, muitos anos

6 . OURO PRETO

depois, o seu neto buscaria Ouro Preto para passear ali o seu fim de semana e a sua curiosidade. Neto folgado ...

Houve, entre os ouro-pretanos, um movimento no sentido de que se construísse outra cidade nos arredores da velha. Simpática a ideia. E razoável. A maioria dos sobradões de Ouro Preto já não oferecem condições para morar-se. Nem segurança. O jeito é mudar-se ou, então, construir nos arredores uma cidade moderna (a mais moderna do Brasil), arejada, planejada, funcional. Excelente o plano. O povo entregaria a velha cidade ao Serviço do Patrimônio Histórico e Artístico Nacional e iria habitar a novíssima Ouro Preto. A antiga, voltando à denominação de Vila Rica, ficaria ao lado. Seria um vasto e fabuloso museu. E Ouro Preto, longos anos depois, se vingaria de Belo Horizonte...

Mas a preocupação de preservar Ouro Preto sempre se manifestou ao longo dos anos por várias medidas oficiais. Em 1938 é decretada Monumento Nacional, sendo inscrita no Livro de Tombo do SPHAN em 1938. Em 1980 é reconhecida pela Unesco como Patrimônio Cultural da Humanidade.

Ouro Preto completou, recentemente, duzentos e cinquenta anos de existência. Apresenta a mais impressionante arquitetura colonial do Brasil. É roteiro obrigatório do turista. Vamos, pois, a Ouro Preto. Vamos visitar seus templos e monumentos. Prepare-se. Lá fora, Tomás Gonzaga dá o braço a Marília. Eles nos esperam na porta do hotel. Cláudio Manuel da Costa vem chegando de liteira. Tiradentes subiu apressado a Rua Direita.

Vamos conversar com o Aleijadinho...

IGREJA DE SÃO FRANCISCO DE ASSIS

O mais importante dos templos da cidade, pela riqueza dos detalhes e pelo documentário artístico.

Nesta igreja de Ouro Preto, Mestre Aleijadinho, em plena maturidade, deu toda a força do seu gênio, na concepção de obras admiráveis. São de sua autoria os riscos da tribuna e dos altares laterais, o risco da portada, o retábulo do altar-mor, a fonte da sacristia e a capela-mor. É atribuída ao genial toreuta a imagem do Senhor da Agonia.

O início das obras data de 1765 e a construção da igreja levou vários anos.

A portada é maravilhosa. Observe o frontal: no gigantesco oval, a imagem de Nossa Senhora dos Anjos. Ao alto, o famoso medalhão, representando São Francisco de Assis recebendo os estigmas. É um trabalho magistral do Aleijadinho. Veja a figura do Santo: de joelhos, perplexo, fixa, embevecido, as nuvens e os anjos,

O teto é um céu aberto. Apresenta um colossal painel de autoria do outro gênio de Minas, o da pintura, Manuel da Costa Ataíde. O quadro toma todo o teto. Ramagens, arabescos, florões e colunatas adornam a festa dos anjos luminosos, com instrumentos celestiais, todos louvando a Virgem Santíssima que, no trono do centro do painel, é coroada por dois arcanjos. Nos cantos do teto, os quatro Evangelistas.

Os púlpitos são outro monumento. Na sua execução, Aleijadinho foi um perdulário. A decoração é luxuriante. Ramagens, festões, lírios, volutas, e as cabeças de anjos florescendo sobre os ornatos. No baixo-relevo à esquerda, Jesus, na barca, prega ao povo. No outro púlpito, Jonas e a Baleia. Nas faces de pedra, os quatro doutores da Igreja.

A capela-mor foi decorada por Manuel da Costa Ataíde e apresenta pinturas notáveis, todas de sua autoria: os Papas que pertenceram à Ordem Franciscana e uma Ceia, que nada fica a dever às clássicas. No alto, o santo, no Monte Alverne, recebendo as chagas e, ao lado, outro quadro, onde Francisco recebe dos anjos os estatutos da Ordem.

No corpo da igreja, observe, ainda, quatro figuras, pintadas em tamanho natural: são elas a Madalena, São Pedro, Santa Clara e São Francisco. Veja, na capela-mor, belos azulejos, com episódios do Velho Testamento.

Vamos, agora, à imensa sacristia do famoso templo. Aí, Ataíde e o Aleijadinho, os dois gênios que se revezaram na apresentação de sua arte, estão vivos e se mostram poderosos em toda a sua grandeza.

Este aqui é o lavabo ou, melhor, a fonte do lavatório. É do Aleijadinho. Uma cruz, os braços de Cristo e de São Francisco surgindo de uma coroa de espinhos. Arcanjos e querubins, uns sobre conchas, outros alados. Um imenso serafim traz numa mão a medalha com o busto do Santo e na outra a cabeça da Fé. É uma obra extraordinária, onde símbolos designam as várias fases da vida do santinho de Assis. A pia é de três faces.

A sacristia é ornamentada profusamente. As paredes apresentam as telas (todas de Ataíde): Santa Isabel de Portugal, surpresa ante o olhar severo do mesquinho D. Diniz, no colo, as moedas transformadas em rosas. Santo Ivo, lendo, circunspecto como um juiz, é um retrato notável. (Dizem que esse retrato é o de Cláudio Manuel, na figura do Santo Ivo. Será?). Noutro painel, São Luís de França, humilde. Neste outro, Santa Rosa de Viterbo, feliz no martírio. Naquele, São Francisco lendo os estatutos e ouvido atentamente por Santa Clara e por São Roque. Neste, está Jesus Crucificado, adorado por São Francisco. Noutro painel, o Papa, rodeado de cardeais, entrega ao Santo os estatutos. E, finalmente, no último quadro, aparece São Francisco pregando ao povo. Neste painel, o Santo está cercado de uma multidão numerosa, homens e mulheres plebeus, uns atentos, outros em gestos de aprovação e aplausos às palavras divinas e humanas de Francisco que, como disse Diogo de Vasconcelos, mais parece um socialista de seu tempo, pregando a insurreição dos humildes, para escândalo das classes dirigentes.

Terminada a visita, você sai da Igreja de São Francisco reconfortado. Voltará os olhos para a paisagem da infância, rememorará as orações que sua mãe lhe ensinou e verá, de novo, aquele céu que ela pintou em sua imaginação:

anjos gordinhos e ágeis em revoada, nuvens, harpas e lírios, os santinhos das missões com auréola de prata, a Virgem coroada de estrelas e o rosto manso de Jesus perdoando. E você dirá, certamente: Este céu, que eu havia esquecido, este céu existe. Eu o vi em Ouro Preto.

MATRIZ DE NOSSA SENHORA DA CONCEIÇÃO DE ANTÔNIO DIAS

É o maior templo de Ouro Preto. Fica situado na Freguesia de Antônio Dias. A obra foi iniciada em 1727, sob o risco de Pedro Gomes Chaves. A construção é do pai do Aleijadinho, o português Manuel Francisco Lisboa. Os alicerces medem 1 metro e 35 de largura.

Altar-mor simples. Colunas, florões e vergônteas. Duas pias de água-benta, ricamente trabalhadas.

Uma cruz, com o emblema da Conceição, tem aos pés uma meia-lua. Pode ser vista no Acrotério.

Ao entrar, observe a riqueza dos oito altares laterais. São notáveis. Vemos, à direita, no primeiro altar: Nossa Senhora da Boa Morte. No primeiro plano, o sepulcro de Nossa Senhora. No segundo plano, Nossa Senhora da Assunção e, no terceiro, Nossa Senhora do Parto. Dos lados, as imagens de São Brás e São Gregório. Em alto relevo, as figuras dos Apóstolos e as aves da Ressurreição. Sob esse altar, acham-se as cinzas de Antônio Francisco Lisboa, o genial Aleijadinho, sepultado ali a 14 de novembro de 1814.

Segundo altar à direita: Nossa Senhora do Rosário e São João Batista, São Roque e São Francisco de Paula.

Terceiro altar à direita: São Gonçalo, Santa Luzia e Santa Rita de Cássia.

Quarto altar à direita: Sob a invocação das Almas.

Primeiro altar à esquerda: São José. Ainda as imagens de São Domingos de Sávio, Santa Apolônia, e, no centro, São Francisco de Assis.

Segundo altar à esquerda: São Sebastião, São Luís Gonzaga e Santo Amaro.

Terceiro altar à esquerda: Santo Antônio, Senhora Santana e Nossa Senhora.

Quarto altar à esquerda: Nossa Senhora Aparecida e Santa Terezinha.

O teto da Igreja apresenta um magistral painel: a Ceia. Forma um grande círculo.

Capela-mor com o Santíssimo Sacramento, carregado pelos anjos, em notável medalhão no centro. Custódia dourada, com relevos representando a Eucaristia, o Vinho e a Hóstia. Nos ângulos, pinturas figurando os quatro Evangelistas. Nas paredes, entalhe com as figuras de São Tomás de Aquino, São Francisco de Sales e São Paulo.

Altar-mor: belíssima a imagem da Virgem da Conceição. Ao lado, as imagens de Santa Bárbara e São João Nepomuceno.

Consistório: Altar com as imagens do Coração de Jesus. Nossa Senhora da Conceição, Nossa Senhora do Rosário e São João Evangelista.

Os trabalhos de talha da capela-mor são de autoria de Felipe Vieira.

MATRIZ DE NOSSA SENHORA DO PILAR DO OURO PRETO

Puro barroco. Barroco jesuítico. É um templo que se pode chamar, sem perigo de hipérbole, de suntuoso, fabuloso, monumental. As torres são altas, insolentes, poderosas. O corpo da Igreja é vasto.

A sua construção foi iniciada em 1723, aproximadamente. Durou anos. O Aleijadinho está presente em várias de suas obras.

O interior do templo esbanja-se em adornos: palmas, vergônteas, florões, rosas, lírios, asas, bichos, frisos e coroas. E todos de ouro, meu amigo! Se você não acredita, toque-os. Um ouro velho, um ouro puro, maciço.

Dois púlpitos de talha dourada erguem-se como dois caules refulgentes. O refulgente empregado aqui é necessário, pois ditos púlpitos possuem uma decoração realmente opulenta. Ofuscam. E há dois anjos movimentados. No teto, os profetas e cenas do Velho Testamento.

Num altar da capela-mor, a imagem de Nossa Senhora do Rosário é de uma expressão piedosa. Uma imagem pungente. A tradição indica-a como de autoria do Aleijadinho.

Capela-mor traçada por Antônio Francisco Pombal, tio do Mestre. Foi executada por Francisco Xavier de Brito, autor, também, da talha dos púlpitos. Nos ovais, pintados, os Evangelistas e, encimando-os, os Apóstolos. Obra de João Carvalhais.

Altar-mor com riquíssimo retábulo. Notável a imagem do Senhor dos Passos. Não perca de vista uma custódia de ouro e uma banqueta de prata.

Na sacristia: vasta cômoda, alfaias e prataria exposta. Você pode admirá-las calmamente. Veja também os livros da Irmandade com os estatutos e perfeita encadernação em belbutina.

Deixando a Matriz do Pilar, você alcança o adro e sente-se feliz e realizado. É um homem de sorte. Viu uma obra fabulosa em sua própria terra. Não foi necessário atravessar os mares ou os céus. Tudo tão próximo, e você não sabia. Conclui-se: É preciso divulgar, primeiro, o Brasil entre os brasileiros. Falta-nos um Departamento de Propaganda para os nacionais. Estamos com os olhos voltados para os cartões postais da Europa e da América do Norte e não podemos acreditar no que temos. Excursione pelo Brasil, por favor. Conheça-o primeiro.

IGREJA DE NOSSA SENHORA DO MONTE DO CARMO

Sóbria, vasta e imponente. Data a sua construção do ano de 1766. Magníficos trabalhos de talha em pedra-sabão.

Dá acesso à portada uma escadaria monumental.

Logo à entrada, divisam-se duas pias ricamente esculpidas. Há inúmeras obras do Aleijadinho em seu interior, como os púlpitos e os altares.

Pela direita podem ser observados os seguintes altares: 1º altar: O Senhor da Coluna. 2º altar: O Senhor da Acusação. 3º altar: O Senhor no Horto das Oliveiras. Pela esquerda: 1º altar: O Senhor da Água Fria. 2º altar: O Senhor diante de Pilatos. 3º altar: O Senhor dos Passos. As imagens são feitas de madeira, todas em tamanho natural. A cabeça, em bronze e chumbo, dão às faces um brilho estranho.

A capela-mor possui o teto vasto, ostentando nos ângulos as figuras dos Evangelistas: João, Lucas, Mateus e Marcos. Pende um lustre de prata, com o peso de 30 quilos. Nas paredes, belíssimos azulejos portugueses.

O altar-mor foi projetado pelo grande pintor mineiro Manuel da Costa Ataíde. É majestoso o trono. Na redoma, a imagem de Nossa Senhora do Carmo. Nos nichos, veem-se Santa Quitéria, Santa Teresa e Santo Elias.

Sacristia: a mais bela dos templos da cidade. Pinturas de Ataíde no teto e vários quadros do mesmo autor. Destacam-se, um Crucifixo e uma banqueta de prata. Folheados nas paredes de madeira e imensas cômodas.

Consistório: Um altar portentoso e quatro quadros de Ataíde.

Ao lado da igreja, existe o Cemitério da Ordem. Observe-lhe o portão. Gigantesca armação de ferro, sólida e definitiva, como se guardasse os corpos e as almas no campo santo do Carmo, onde sessenta catacumbas dormem um sono de 150 anos.

IGREJA DAS MERCÊS E MISERICÓRDIA (MERCÊS DE CIMA)

Esta é a Mercês de Cima, quer dizer a Mercês de Ouro Preto. Há a Mercês de Antônio Dias, isto é, a Mercês de Baixo, mais importante.

A igreja é facilmente alcançada, pois fica próximo a Praça da Independência, aquela onde você viu o monumento ao Tiradentes.

O templo saiu, dizem, do plano de Maurício, um escravo do Aleijadinho e seu meeiro nas empreitadas.

Portada: Ao entrar, observe o pórtico. É de pedra-sabão. Representa a Virgem, de braços abertos e com um manto protetor. É um trabalho atribuído ao Aleijadinho.

Não há muita coisa que ver nesta igreja. Foi construída por uma Irmandade de Pretos, que zela pelo templo até hoje.

Os altares são bonitos e de autoria de um carpinteiro habilidoso daqueles tempos, chamado Gregório Mendes Coelho.

IGREJA DE SÃO JOSÉ

Está situada na Freguesia de Ouro Preto. É uma das velhas igrejas da cidade. É singela, pobre de alfaias.

39

Dois altares laterais em pedra talhada.

Ao entrar, você deve demorar-se mais na observação do altar-mor. O risco é de autoria de Antônio Francisco Lisboa, que, aliás, era mesário graduado da Irmandade de São José. No frontal, o altar-mor apresenta uma notável escultura: a imagem do Senhor Morto.

Pinturas na capela-mor, representando o Rei Davi.

Sacristia acanhada, mas com um belo oratório.

Você deve visitá-la por dois motivos: primeiro, por ser uma igreja de Ouro Preto, e, segundo, pelo altar-mor do risco do genial toreuta.

IGREJA DE SÃO FRANCISCO DE PAULA

Pousada numa colina, ela é vista por todos os ouro-pretanos. De qualquer parte da cidade, divisa-se o seu vulto gigantesco e branco.

É uma igreja de interior claro e arejado. Levou cem anos para ser concluída. Iniciada a construção em 1804, terminada em 1904. É, pois, a mais nova de Ouro Preto. Uma obra sem muita riqueza. Foi iniciada, já na decadência do ciclo do ouro em Minas.

O risco é do sargento-mor Francisco Machado da Cruz. As obras do corpo da capela datam de 1859.

Digna de ser vista nesse templo é a imagem do Senhor da Agonia, atribuída ao Aleijadinho, e um dos seus últimos trabalhos.

Os altares são belos. A decoração recente. Foi executada pelos italianos Henrique Bourse e Ângelo Clerici.

Ao lado da igreja, está o Cemitério da Ordem. O portão é um rendilhado de ferro, obra de fino gosto. Traz a data de 1837.

IGREJA DE NOSSA SENHORA DAS MERCÊS DOS PERDÕES (MERCÊS DE BAIXO)

Situada numa suave elevação, na Freguesia de Antônio Dias. Há duas Mercês em Ouro Preto, popularmente chamadas Mercês de Cima (na freguesia de Ouro Preto) e Mercês de Baixo (na Freguesia de Antônio Dias).

A igreja das Mercês de Baixo ou Perdões foi reconstruída em 1777, pela Irmandade de N. Sra. das Mercês de Antônio Dias, no lugar onde existia a capelinha do Bom Jesus de Perdões. O projeto e os trabalhos de construção, de autores ignorados.

Há obras de Ataíde e do Aleijadinho. Este é o autor do risco da capela-mor, pelo qual recebeu seis oitavas de ouro.

Torres quadrangulares, frontispício de tarjas de cantaria.

Entremos. Você visita agora uma das igrejas mais bonitas da cidade. Não possui aquele delírio de ornatos de outros templos de Ouro Preto. Mas é majestosa.

À entrada, duas pias de água-benta. Pedra cinzelada.

No corpo da igreja, quatro altares, dois de cada lado. Púlpitos, arco-cruzeiro, seis tribunas e o altar-mor. As tribunas ficam na capela-mor. São vastas, em arco, balconadas, duas grandes, duas menores, de um e outro lado.

Vamos aos quatro altares.

À direita: o primeiro altar da direita é o de Santa Catarina, roca, coroa e espada. Simbolizam o seu martírio. Frisos de ouro no alto e, em baixo, o emblema da santa. O segundo altar é o de Santo Antão. A sua figura empolga. Veem-se, ainda, as imagens de São Miguel, Santa Rita e o Anjo da Guarda. Fustes dourados.

À esquerda: o primeiro é o altar de São Lourenço, com o santo e seu distintivo: a palma. O segundo altar da esquerda está sob a invocação de Nossa Senhora da Piedade. Nos nichos, Jesus, Maria e José. É o altar melhor decorado e o mais belo: ricas talhas douradas, colunas retorcidas, águias, capitéis, festões e conchoide, e um docel em madeira.

Altar-mor: No trono, a imagem de Nossa Senhora das Mercês. Veja que maravilha: tem a altura de um metro e dez, ostenta brincos de pedras preciosas e uma coroa de prata legítima, pesando 250 gramas. No alto do altar, o brasão da Ordem do Carmo e, em um nicho da esquerda, a imagem de São Pedro Nolasco, de autoria do Aleijadinho. No outro nicho, São Raimundo Nonato.

A sacristia possui um oratório triface. Nele (tome nota) está um Crucificado com dois cravos em cada pé. Observe-o bem. Seu autor: O Aleijadinho. No consistório, velhas e perfeitas imagens de Nossa Senhora.

Peça ao zelador que lhe mostre as alfaias e os objetos de ouro e prata. São magníficos.

IGREJA DE NOSSA SENHORA DO ROSÁRIO

Fica situada na Freguesia de Ouro Preto.

A fachada tem o estilo das velhas igrejas romanas, ovalada, portas em arcos, frontão suntuoso, cruz ao alto em esteatita cinzenta e torres em guarita.

Predominam as linhas curvas, tanto na fachada como no interior.

Os traçados da empena e do frontispício são de autoria de Manuel Francisco de Araújo.

É um belo templo, pela sua forma e pelo conjunto de ogivas e curvas. O seu interior não é rico.

Há dois trabalhos interessantes e seu autor é o Padre Felix, irmão do Aleijadinho: são as imagens de Santo Antônio de Cartagerona e São Benedito.

Ao entrar, observe as pias de água-benta: são de cantaria cinzenta e têm, engastadas na pedra, algumas pepitas de ouro. Bem trabalhadas.

Na sacristia, um Cristo de rara perfeição anatômica. Autor desconhecido.

Segundo Paulo F. Santos, "com a Igreja do Rosário do Ouro Preto, o ciclo barroco em Minas atinge a sua mais alta expressão."

IGREJA DO PADRE FARIA

Eis um pequeno templo de Ouro Preto que você não pode deixar de ver e admirar. Olhando o seu aspecto exterior, você não imagina o que é, por dentro.

A capelinha ocupa um terreno em pequena elevação. Antes de alcançá-la, você encontrará uma cruz simples e uma ponte em arco.

Na frente da igrejinha, ergue-se um monumental cruzeiro de pedra, obra curiosa, trazendo na peanha a data de 1756.

Os altares laterais são primorosos em seus trabalhos de talha em cedro.

São entalhes delicados, em curvas harmoniosas.

O altar-mor mereceu do historiador Diogo de Vasconcelos uma descrição notável, que dá a você ideia de sua beleza. Ninguém pode descrever com tanta riqueza como Mestre Diogo o fez. Acompanhêmo-lo:

"As colunas da ordem coríntia com todo o aparato exigido em molduras, em ornatos, em mútulos, creio mesmo que apresentam nesta capela uma forma toda singular, devida ao valor das dimensões estudadas no recinto.

É a primeira capela em que pilastras com figuras de volutas e anjos se apresentaram, em paralelo às colunas, e guarnecendo a boca do retábulo, a fim que ressaltem dele os rebordos com gregas e flores de rocalha. Das vergônteas que se enroscam nas colunas, concebeu-se o tema de folhas e girassóis para toda a ramagem que, sobretudo no tímpano e nas fachadas perpendiculares, preenche os intervalos. O recôncavo do retábulo, abóbada semiesférica, as paredes e os degraus mistilíneos do tronco estão abastecidos de grotescos e folhas estilizadas. A toda esta incomparável confluência de portes antecede o altar, tendo por cima em horizontal uma faixa emoldurada de aspas e aberta em relevos de acantos e rosáceas."

Os púlpitos e as pias são belíssimos.

Na abóbada do pequeno teto, a *"Coroação da Virgem pelos Anjos"*, em pinturas vivas e fortes, ostentando, também, motivos do Novo Testamento.

Ressalte-se, ainda, a beleza dos painéis trabalhados em azulejos, apresentando cenas pastoris e iluminados de uma paz repousante. Destacam-se os painéis *"A Visitação"*, *"A Anunciação"*, *"O Nascimento"* e *"A Adoração dos Pastores"*.

A igrejinha do Padre Faria não mostra nada que possa identificar o autor ou autores dos painéis, dos altares, dos púlpitos e dos trabalhos de talha.

IGREJA DE NOSSA SENHORA DAS DORES

É da Freguesia de Antônio Dias. Data a sua construção do ano de 1775. Tem o estilo das velhas igrejas portuguesas, com a capela dividida em duas. Fica a cavaleiro de Antônio Dias, divisando-se todo o bairro. É chamada Igreja das Dores. A fachada é simples, despida de ornatos. Ao lado o Cemitério.

Vamos entrar. Arcadas e tribunas tomam todo o corpo da igreja.

A altar-mor tem arte e beleza na concepção. A imagem da Virgem das Dores é das mais bonitas de Ouro Preto. Completam o altar-mor uma banqueta de prata com seis castiçais de talha, uma custódia trabalhada em madeira, um oval e duas credências. Nos nichos, São Felipe e Santa Juliana.

A imagem do Senhor Morto tem o tamanho natural e é digna de ser vista.

Visite, ainda, o oratório com a imagem de Nossa Senhora das Dores, outro com a de Nossa Senhora da Piedade.

IGREJA DE SANTA EFIGÊNIA OU DO ROSÁRIO DO ALTO DA CRUZ (IGREJA DO CHICO REI)

Está situada na Freguesia de Antônio Dias. Domina, do alto, o casario do bairro. É esta a parte velha de Ouro Preto.

Diz uma lenda, que a Igreja do Rosário de Santa Efigênia foi construída por Chico Rei. Quem era ele? Esse Chico Rei era mesmo um negro duro.

Fundou um reino em Vila Rica. O reino dos pretos. Coroou-se rei, o filho virou príncipe, a nora era princesa e a esposa, naturalmente, coroada rainha.

Você, com certeza, já ouviu muito sobre a lenda. Dizem que a coisa foi verdade. Que ele existiu, o Chico, não resta nenhuma dúvida. Convém contar como foi a coisa:

Vivia o Chico na África, naquela liberdade que Deus lhe deu. Era o rei de sua tribo. Um dia, chegaram uns negreiros com suas tropas e pegaram a laço o Chico e toda a sua grei. O negro protestou, chorou, mas, que fazer? Porão de navio o esperava. E veio o pobre para o Brasil. Na travessia, perdeu a mulher e a filha. No mercado do Rio, foi vendido, com os súditos e os parentes, para um senhor das Minas Gerais.

Em Vila Rica, Chico trabalhou dia e noite, conseguiu dinheiro e libertou o filho. O filho trabalhou e libertou o pai. E os dois, forros, foram libertando os parentes e os que vieram com eles. Formaram, então, uma corte. Rei, rainha (o Chico casara-se de novo), o príncipe, princesa, naturalmente condes e barões.

O negro era sabido. Um dia, admirou-se ao observar várias negras lavando os cabelos na pia de água-benta. Foi ver. Viu. Viu ouro na pia. Das gaforinas das negras caía metal em pó. Surpreso, perguntou de onde traziam aquilo. Da

43

Mina da Encardideira. Chico não dormiu, comprou a mina. Com a explosão do ouro, construiu o seu palácio e a Igreja do Rosário. Essa, a lenda. A história de Chico Rei é tão interessante que você não perderá nada se quiser lê-la inteira. Agripa Vasconcelos, escreveu um livro - *Chico Rei* - onde tudo está explicado. Edição Itatiaia. Vamos, agora, ao templo. Uma escadaria de quarenta e dois degraus dá acesso ao adro. Frontispício com o nicho da bela imagem da Virgem do Rosário, esculpida em pedra-sabão. No alto, um curioso relógio, construido em 1762 por José da Costa Carneiro. Mostrador de pedra. Dá horas. É uma das coisas mais interessantes da Igreja de Santa Efigênia.

No interior, sacadas, coro com balaustrada de jacarandá. Altar-mor com flores estilizadas. No trono, a imagem de Nossa Senhora do Rosário e um bonito oratório de Santa Efigênia.

Os altares laterais, em número de quatro, são trabalhos artísticos, entalhe em madeira, pinturas e douração. O primeiro, à direita, é o de Santa Rita de Cássia e São Francisco de Paula. O segundo, à direita, está sob a invocação de Santo Antônio de Cartagerona. Nos nichos, São Roque e São Francisco. Abaixo, a imagem de Santo Antônio de Pádua. O primeiro altar à esquerda: Nossa Senhora do Carmo e Santa Bárbara. O segundo, à esquerda, tem como padroeiro o santinho dos pretos: São Benedito. E o mais belo dos quatro altares. Nos nichos laterais, as imagens de São Domingos, São Sebastião, Santa Ana e Nossa Senhora da Conceição. Os anjos sustentam o emblema da Ordem Franciscana.

Vem de longe a tradição da Irmandade dos Pretos, à qual pertence o belo e interessante templo que é a igreja do Chico Rei. Nela tiveram início, há dois séculos, os festejos dos congados e reisados, que se espalharam por toda Minas Gerais.

CAPELAS

SENHOR DE MATOSINHOS

Fica no bairro das Cabeças. Não se sabe a data exata de sua construção. É do século dezoito. Na portada, um nicho com a imagem de São Miguel e um alto-relevo com o Purgatório. Dizem que esses trabalhos são do Aleijadinho.

Do Aleijadinho, e com toda certeza, é a bela imagem de Bom Jesus no Sepulcro. Expressivo, doloroso. É motivo de veneração dos fiéis, na sua festa em 14 de setembro. É, pois, uma capelinha que deve ser visitada.

SENHOR DO BONFIM

Fica nas proximidades da Matriz do Pilar. Era a capela dos condenados, que ali assistiam à missa, antes do enforcamento. Assim, aconteceu com Felipe dos Santos. O único interesse pela capela vem de uma Ceia dos apóstolos, em tamanho natural. É uma das curiosidades da Semana Santa de Ouro Preto, quando é armada e exposta.

OUTRAS CAPELAS

Santana, São João Batista, Taquaral, São Sebastião e Piedade (de 1720). Todas dignas de sua visita, mas sem nenhuma atração para o estudioso da arte colonial.

OS PASSOS

Chamam-se Passos as pequenas capelas construídas nos ângulos das praças ou nas ruas e onde para a Procissão do Encontro, na Semana Santa. São seis os Passos de Ouro Preto, estão localizados na Praça da Inconfidência, em Antônio Dias, na Rua Tiradentes, na Rua São José, nas Cabeças e na Ponte Seca.

Foram construídos de fins do século XVIII até meados do século passado.

ORATÓRIOS

Havia muitos oratórios particulares em Ouro Preto. São pequenos nichos encravados nas paredes das casas residenciais. Hoje, restam apenas dois na cidade: o oratório de Santa Cruz, na Rua Barão do Ouro Branco, e o de Nossa Senhora do Bom Despacho, na Rua Bernardo de Vasconcelos.

MUSEU DA PRATA E DE ARTE SACRA

Está situado na Igreja Matriz de Nossa Senhora do Pilar, contém um rico acervo de prataria e inúmeros objetos de arte sacra.

MONUMENTOS CIVIS EM OURO PRETO

ANTIGO PAÇO MUNICIPAL (Museu da Inconfidência)

Um edifício imponente, com uma torre quadrangular no centro. Sua construção foi iniciada em 1784 e concluída em 1846. Eram ali localizados o Paço e a Cadeia.

Hoje, é ocupado pelo Museu da Inconfidência, criado e mantido pelo governo federal, segundo o decreto-lei 965, de 20-12-1938.

O Museu é uma visita obrigatória em Ouro Preto. Depois das igrejas, é o ponto de maior interesse para os turistas. É uma vasta exposição de objetos e documentos relacionados com a Inconfidência Mineira, e de obras de arte doadas por particulares. Há peças que lhe dão uma ideia da vida e dos costumes de Vila Rica, numa reconstituição admirável de ambientes.

O edifício possui dois pavimentos. No primeiro, existem nove salas, sendo uma reservada aos trabalhos do Aleijadinho e outras aos Inconfidentes.

Estão reunidos, neste pavimento, em disposição engenhosa e em montras, detalhes do barroco e do colonial, visão da arquitetura do século XVIII. Outras salas apresentam objetos de uso doméstico, espelhos, liteiras, arreios, candeias, mancebos e serpentinas de arruar. A Sala dos Inconfidentes ostenta uma coleção valiosa: um mapa feito por Cláudio Manuel da Costa, a primeira edição da "Marília" de Tomás Antônio Gonzaga, um fragmento da forca onde Tiradentes sofreu o suplício, um relógio que pertenceu ao mártir e vários autógrafos dos conjurados. A Sala do Aleijadinho apresenta notáveis trabalhos do genial escultor, destacando-se o São Jorge, cavaleiro sem o cavalo, em tamanho natural, vivíssimo em sua expressão e colorido.

No segundo pavimento, o Museu expõe, em sete salas, trabalhos de ourivesaria, mobiliário antigo, pinturas, imagens e outras relíquias.

Nos fundos do edifício, numa sala ampla, acham-se os despojos dos Inconfidentes, sob lajes que ostentam nomes e datas. O Museu recebe visitas diariamente, no horário de 12 às 17 h, exceto às segundas-feiras.

CASA DOS CONTOS

O casarão dos Contos foi construído em 1787, pelo contratador de estradas e dízimos João Rodrigues de Macedo, que financiou a obra. Hoje, nele funciona o Centro de Estudos do Ciclo do Ouro. Seu acervo inclui, além de importante coleção numismática, mobiliário dos séculos XVII e XVIII, documentos manuscritos e biblioteca especializada na História de Minas Gerais. Estilo colonial típico.

A Casa dos Contos guarda o segredo da morte de Cláudio Manuel da Costa. Preso por participação no movimento da Inconfidência, foi metido numa sala de fundos do edifício, de janelas de ferro e pedras escuras. No dia seguinte, foi encontrado morto. Suicídio ou homicídio? Pela posição do corpo, parece que foi assassinado. Até hoje perdura o mistério. É um dos casos sem solução no emaranhado dos acontecimentos que se sucederam em Vila Rica no primeiro movimento pela liberdade em nosso país.

PALÁCIO DOS GOVERNADORES

Funciona ali a Escola de Minas e o Museu de Mineralogia, considerado um dos mais completos do mundo.

Foi construído em meados do século dezoito, sobre o projeto de José Fernandes Pinto de Alpoim, sargento-mor. Os baluartes foram executados por Manuel Francisco Lisboa, pai de Aleijadinho.

O Palácio serviu de residência aos governadores da Capitania, aos presidentes da Província e aos presidentes do Estado, até 1897, quando se transferiu a sede do governo para Belo Horizonte. O edifício possui muitas obras de arte no seu interior e no jardim.

MONUMENTO A TIRADENTES

É das primeiras coisas que você verá em Ouro Preto. Fica situado na Praça da Inconfidência, também chamada Tiradentes.

O monumento mede dezoito metros de altura, desde a base. A estátua tem altura de dois metros e oitenta e cinco centímetros. Foi fundida na Itália e seu autor é Virgilio Cestari. Figura o Tiradentes, ouvindo a sentença de morte, coberto pela alva e com o baraço ao pescoço. Foi inaugurado em 21 de abril de 1894, substituindo um outro, menos expressivo, que existia no lugar.

PONTES

Visite em Ouro Preto as seguintes pontes: Do Rosário ao do Caquende, de meados do século dezoito. Do Funil, sobre o ribeirão do mesmo nome. Da Barra, construída em 1806. Dos Contos, que data de 1744. Do Padre Faria, século dezoito. Do Xavier, mais recente. Do palácio Velho. Da Ponte Seca. Do Pilar, construída em 1757. E a Ponte de Marília, em Antônio Dias.

FONTES

Existem três em Ouro Preto. Foram construídas para captação da água das bicas, diferem dos chafarizes. Há a Fonte das Moças, arrematada por João Domingos Vieira, em 1742, a Fonte do Padre Faria, também arrematada por João Domingos, em 1744, e a Fonte de Henrique Lopes, construída por Luiz Fernandes Calheiros, em 1739.

CHAFARIZES

Todas as cidades antigas possuíam seus chafarizes. Tinham a sua alta finalidade: abastecer a população de água captada nas fontes. Alguns habitantes serviam-se de cisternas e cacimbas. Os chafarizes eram úteis e, ao mesmo tempo, decorativos.

Em Ouro Preto, há inúmeras e bonitas construções dessas bicas públicas. Hoje, poucos são utilizados. Muitos estão secos.

Vamos enumerá-los sucintamente, juntando-lhes as datas de sua construção: O da Glória (1753) - O do Rosário (em ruínas) - O das Águas Férreas (1836) - O de Marília (muito bonito, é de 1759) - O da Rua das Flores (restaurado em 1937) - O do Passo de Antônio Dias (1752) - O dos Contos (1760), o mais belo da cidade, construção de João Domingos Vieira, especialista em Fontes e Chafarizes - O da Rua Barão de Ouro Branco (1761) - O da Praça Tiradentes - O do Alto da Cruz do Padre Faria (1757) - O da Matriz de Antônio Dias (século XVIII) - O do Instituto Barão de Camargos - O do Largo de Frei Vicente Botelho - O Alto das Cabeças (1763).

SUVENIRS

Você encontra em Ouro Preto vários objetos que lhe são oferecidos como recordação de sua visita: cinzeiros, jarros, estojos, bonecos, paliteiros, garrafas, pesos de papéis; tudo pedra-sabão. Trabalhos de artesãos. Os objetos são bonitinhos, e todo o turista leva um deles como prova de sua visita à velha cidade.

CICERONES

É profissão em Ouro Preto. Existem vários, educados, loquazes, conhecedores do que mostram. Cobram pequena importância pelo trabalho. São geralmente moços de condição humilde, mas que gostam de seu trabalho e o executam com dedicação, conhecimento e entusiasmo. Muitas vezes, na porta do Museu da Inconfidência, você é abordado por meninos ouro-pretanos que lhe oferecem objetos e postais e, quase sempre, expõem seus préstimos como cicerones. São vivos esses garotos, sabem de tudo, sobem e descem as ladeiras como bichinhos da terra, espertos e conversadores. Conhecem a história e os monumentos da cidade e ficam satisfeitos com qualquer recompensa pelo seu trabalho.

TRANSPORTES

COMO SE VAI A OURO PRETO:

DE BELO HORIZONTE:

O transporte recomendável é o ônibus. Parte da Estação Rodoviária, na capital mineira, seis vezes por dia.

A viagem é feita pela BR-040 até o quilômetro 35 e, daí por diante, pela Rodovia dos Inconfidentes, uma estrada asfaltada com sessenta e cinco quilômetros, a partir do referido quilômetro 35 da BR-040.

A distância de Belo Horizonte a Ouro Preto é de noventa e oito quilômetros de estrada asfaltada, segura, com muitos postos de gasolina ao longo do percurso. Gasta-se, de ônibus, duas horas e, de automóvel, uma hora e meia.

DO RIO DE JANEIRO:

De automóvel, siga a BR-040 até o quilômetro 420 e daí, à direita, pela Rodovia dos Inconfidentes (mais 65 quilômetros de boa estrada). De ônibus, também é obrigatória a viagem à Capital de Minas e, desta, a Ouro Preto.

DE SÃO PAULO:

De automóvel, é interessante fazer o trajeto pela Fernão Dias até Belo Horizonte e, daí, a Ouro Preto pela BR-040 e "Rodovia dos Inconfidentes". Pode-se, ainda, viajar pela BR-116 (São Paulo-Rio) até Barra Mansa, tomar outra estrada para Três Rios via Volta Redonda e, de Três Rios, ir-se pela BR-040 até o quilômetro 420 e, daí, à direita, até Ouro Preto. De ônibus é necessário alcançar Belo Horizonte e, depois, Ouro Preto.

HOSPEDAGEM

Ouro Preto possui vários hotéis e pousadas. Para se conseguir acomodações nos hotéis não é necessário pedido de reserva. Só é imprescindível essa medida, por ocasião do Carnaval, da Semana Santa e do Festival de Inverno.

7. DIAMANTINA

MARIANA

Você vai entrar, agora, as portas da mais antiga cidade de Minas. Mariana, a venerável. Aberta e limpa, possui uma calma de quem já transpôs e conhece a eternidade. É mansa, sem atritos, acolhedora.

Por volta de 1696 é descoberto ouro junto a um riacho. Logo, às suas margens forma-se um arraial e ergue-se uma pequena capela em honra de Nossa Senhora da Conceição do Ribeirão do Carmo dando-se este nome ao arraial. A região foi rapidamente povoada e tornou-se a primeira capital de Minas Gerais. Em 1745 foi elevada à condição de cidade, para se tornar sede do primeiro bispado de Minas. Nesta época mudou também o seu nome para Mariana em homenagem à Rainha D. Maria Ana de Áustria, mulher de D. João V, rei de Portugal. Mariana foi a primeira capital de Minas, sede do primeiro arcebispado, da primeira Câmara e da primeira escola primária. É berço de varões ilustres tais como: Cláudio Manoel da Costa, Frei José de Santa Rita Durão, Manoel da Costa Ataíde, Pedro Aleixo.

8 . MARIANA

A cidade dos bispos. Melhor diria: do clero. Os padres passeiam, em grupos, pelas ruas, conversam, são amáveis, simpáticos e prontos a informar tudo sobre Mariana. São padres alegres e despreocupados como crianças. É o ambiente de religiosidade.

O marianense orgulha-se de sua terra. Ela, também, tem igrejas suntuosas, tem a sua história, tem seus fantasmas familiares. E oferece aos visitantes o mesmo conforto de Ouro Preto: bons hotéis, restaurantes, asseio.

Aquela história, inventada, que apresenta o marianense como "pão duro", "ranheta", "econômico", que esconde o prato na gaveta da mesa quando chega visita, é pura balela. O marianense é pródigo quando recebe. E recebe muito bem.

Gosta de contar casos. O caso, em Minas, é o comentário sobre um acontecimento, a narração, com minúcias, do mesmo acontecimento, sempre em tom jocoso. (Eu disse "jocoso"? Perdão. Estamos numa cidade antiga, onde as palavras não envelhecem.) Às tardes, em Mariana, reúnem-se os cidadãos austeros. E contam, falam... A política é um dos assuntos principais, pois o marianense é, talvez, o homem mais politizado de Minas.

É a cidade dos grandes bispos. Uma cidade que lembra o roxo. A cor dos pálios da Semana Santa, a cor dos versos de Alphonsus, que aí sonhou, viveu e morreu. Alphonsus era juiz municipal de Mariana. Grande poeta, dos maiores do Brasil, fez da cidade calada o seu refúgio. E aí criou uma obra ungida, imperecível.

A visita a Mariana é um prolongamento e uma complementação da visita a Ouro Preto. Não deve ser rápida. Há muita coisa para ser admirada e amada. Vamos ver Mariana, a venerável.

A SÉ CATEDRAL

Uma das belas igrejas de Minas. Construção iniciada em 1709 e concluída em 1762.

A fachada é ampla, senhorial, clara, equilibrada. Sem muitos ornatos. A portada, fugindo do arco tradicional, é simples, alta, direta. Duas torres quadrangulares, frontal singelo.

O interior, intensamente iluminado, pois a luz natural penetra as ogivas da nave, é majestoso, com sua sucessão de arcos de várias dimensões, que dão uma perspectiva de grandeza sem ostentação.

No corpo da igreja, altares de cada lado, com magníficos trabalhos de talha dourada. Os de Nossa Senhora da Conceição e o de São José são do princípio do século XIX. São imagens feitas em Portugal. Linhas e ornatos mais recentes. O altar de Santa Apolônia, todo recamado de flores, arabescos, acantos, é belo pela harmonia do conjunto. De igual aspecto, é o altar de São João Evangelista.

53

A capela-mor apresenta belíssimos efeitos de luz, que dão aos seus pequenos altares laterais a impressão de pequenos nichos rodeados de nuvens de aurora. Observe os anjos atlantes do altar de São Miguel: são crianças louras sustentando as colunatas.

O altar-mor, profusamente ornamentado, onde flores, anjinhos e volutas se entrelaçam num estilo barroco jesuítico, mostra um painel de extraordinária beleza: a Conceição, em toda a sua graça de Virgem e Mãe, com os anjos cantando a sua glória. É uma tela de autor desconhecido; muitos porém, atribuem o trabalho ao grande Ataíde.

Na sacristia, não deixe de admirar outro painel interessantíssimo: A Fuga do Egito. O autor parece ser o mesmo da tela da Conceição. Não deixe de ver e apreciar o órgão que se encontra na Sé. Peça de valor artístico e histórico inestimável. Sua fabricação foi feita pela família Schigniter em Hamburgo, Alemanha, famosos fabricantes de órgãos do século XVIII. Completamente restaurado, está aberto a concertos e visitação.

A Sé Catedral de Mariana é uma igreja cuja visita nos deixa uma impressão duradoura. Um monumento de fé que perdura no tempo e na memória.

IGREJA DO CARMO

Construção iniciada em 1784. Interior modesto.

A fachada é imponente, e você pode ver os entalhes de bonitos florões, encimando a porta almofadada. Um oval simples no alto. Duas torres redondas e fortes, inspiradas nas inovações realizadas por Aleijadinho, nas igrejas de Ouro Preto.

Uma igreja severa em suas linhas.

A portada é bela, com enfeites harmoniosos. Autor desconhecido.

O altar-mor, de talha muito rica, é de autoria de Manuel Dias, e data de 1819. A douração foi feita por Francisco Xavier Pinheiro.

No teto, uma tela: "Nossa Senhora entregando o Escapulário a São Simão". A Igreja do Carmo foi quase totalmente queimada em janeiro de 1999. Hoje está quase toda restaurada.

IGREJA DE SÃO FRANCISCO

Belíssima. Construção iniciada em 1763, concluiu-se em 1794.

A frontada esculpida em pedra-sabão, muito ornamentada, é de autor desconhecido. Torres quadradas, frontal singelo.

No interior, dominam as pinturas a óleo de autoria de Manuel da Costa Ataíde, o célebre. Ataíde está sepultado nesta igreja, na campa nº 94. O grande pintor mineiro é o autor do pano da porta e das imagens da Paixão. Ele deu muito de seu gênio às igrejas de Mariana.

Na sacristia, observe, no teto, os dois painéis de São Francisco de Assis. Em um deles, o santinho, na agonia, conversa com o crucificado. Rosto expressivo. Ao lado, uma caveira e o rosário. No alto, sentados numa bola branca de nuvens, dois anjos bonitinhos escutam o diálogo entre Jesus e o mais cristão de seus santos.

No outro painel, São Francisco, em êxtase, ouve a música do céu: dois serafins cantores e um terceiro tocando a rabeca. Voam anjos, leves e inquietos, como libélulas. Cores suaves e força de conjunto.

Já que você está na sacristia, peça que lhe mostrem os "Estatutos da Ordem". São grandes manuscritos encadernados em belbutina vermelha.

SÃO PEDRO DOS CLÉRIGOS

Templo simples. Torres romanas e pesadas. Portada com ornatos. A construção foi iniciada na administração de D. Frei Manuel da Cruz. Os remates são de 1920.

IGREJA DAS MERCÊS

Iniciada em 1789. Possui imagens talhadas em madeira. Interessantes. São o único atrativo desse templo de Mariana. Portada sem ornatos, torres inexpressivas.

IGREJA DO ROSÁRIO

Situada numa colina, o morro do Rosário. Também é chamada Nossa Senhora do Rosário "dos Pretos" pois foi construída por iniciativa de três irmandades de pretos, que se uniram para realizar o projeto: São Benedito, Santa Efigênia e do Rosário. Construída de 1752 a 1758. O seu interior é de grande suntuosidade. Possui pinturas de Ataíde. O teto é deslumbrante. A talha do altar-mor foi esculpida por Francisco Vieira Servas. Não deixe de visitá-la em sua ida a Mariana.

OALJUBE

O Aljube (ou prisão de padres) é um casarão sóbrio, com varandas de ferro. Portas e janelas em arcadas. No andar térreo, janelas com grades. Era a antiga prisão dos clérigos. Hoje, não há mais disso. Mas ficou o edifício. Tem, agora, outro destino.

IGREJAS QUE CONVERSAM SUA ANTIGUIDADE

São duas igrejas de Mariana. Uma de frente para outra. As igrejas são a do Carmo e a de São Francisco. E, conversam com a intimidade de velhas conhecidas:

— Bom dia, Irmã de São Francisco!

— Como vai, Irmã do Carmo?

O diálogo prossegue até a tardinha.

A tarde de Mariana tem o tom dos poemas de Alphonsus de Guimaraens.

O poeta ouviu certamente a conversa das igrejas centenárias. E a traduziu em símbolos.

Alphonsus, os Responsos, a Sé, o Ribeirão do Carmo, Ataíde, Cláudio, D. Viçoso, D. Silvério, Monsenhor Horta, as Confrarias, o Senhor Morto, a Virgem das Dores, a Semana Santa, tudo é Mariana Eterna!

MUSEU DE ANTIGUIDADES RELIGIOSAS

Criado pelo Seminário de Mariana, e instalado na antiga Casa Capitular, é uma impressionante exposição de imagens, oratórios, paramentos, relicários, missais, crucifixos, cálices, ostiários, ornamentos de altares, vitrais, castiçais, bíblias raríssimas, objetos que pertenceram aos bispos e arcebispos da Arquidiocese, relíquias valiosas e vários adornos de igrejas, todos de antiguidade comprovada.

Anexo, existe uma magnífica biblioteca com 6.000 volumes, obras de valor inestimável, pela raridade e pela arte gráfica.

O Museu recebe visitas, mas é aconselhável obter-se, antes, a permissão da Arquidiocese.

VISITE EM MARIANA MAIS OS SEGUINTES LUGARES E MONUMENTOS:

CAPELA DE SANTANA, construção de 1720.

CASA DO CÔNEGO BHERING.

CADEIA E CÂMARA, edifício construído em 1768 por José Pereira Arouca. Erguido no antigo local do Quartel dos Dragões de Assumar, é o exemplo mais interessante da arte colonial da cidade.

PALÁCIO DE DOM FREI MANUEL DA CRUZ.

CASA DA INTENDÊNCIA.

CASA DO BARÃO DO PONTAL, com sacadas de pedra-sabão rendilhadas.

PRANCHA 9

PRANCHA 10

PRANCHA 11

PRANCHA 12

PRANCHA 13

PRANCHA 14

PRANCHA 15

PRANCHA 16

SEMINÁRIO MAIOR
CASA CAPITULAR.
FONTE SAMARITANA.
CHAFARIZ DA RUA SÃO FRANCISCO e o DE SÃO PEDRO
TÚMULOS de ALPHONSUS DE GUIMARAENS e de MONSENHOR HORTA.

TRANSPORTE E HOSPEDAGEM

COMO SE VAI A MARIANA — A partir de Belo Horizonte: De ônibus, direto, 110 km em 2 horas e 50 minutos. De automóvel, boa estrada até Ouro Preto. De lá a Mariana, estrada asfaltada. Do Rio e São Paulo: Atinge-se, primeiro Ouro Preto e depois Mariana. Há bons hotéis em Mariana.

9 . SABARÁ

SABARÁ

O Arraial da Barra do Sabará foi um dos primeiros lugares onde se encontrou ouro no Brasil. Por isso é um dos mais antigos povoados fundados em Minas. A grande quantidade de ouro ali encontrado atraiu gente de todas as partes, resultando em uma ocupação pouco pacífica. Elevado a sede da Villa Real com a formação da Capitania das Minas. Em 1838 foi elevada a cidade com o nome de Sabará. Esta é a cidade que você visitará agora, uma cidade simpática. Fica muito próximo da Capital, mas não se deixa absorver por ela. Vida própria. Suas atividades demandam o aço e o alto-forno. Em Sabará, com exceção dos funcionários públicos e dos comerciantes, todo o mundo é funcionário da Belgo.

Há duas Sabarás: a do Borba, do casario colonial e dos templos; e a Sabará da siderurgia, palpitante, moderna, as chaminés esfumando grossas e negras volutas de progresso.

O sabarense sofreu. Terminado o Ciclo do Ouro, a cidade ficou desolada, e havia ruínas por toda a parte. Veio, então, lá por 1920, a Belgo Mineira e deu novo impulso, novo alento, com o início do Ciclo do Ferro. Há pessoal especializado e grande força industrial.

10 . SABARÁ

Antigamente, ia-se a Sabará chupar jabuticaba. Doce e graúda. Aos domingos, caravanas saíam de Belo Horizonte e, em Sabará, limpavam os pés da fruta, comprando a cinco mil réis cada. Hoje, o sabarense ficou de posse da jabuticaba. Não dá para o consumo interno.

Sabará é ligada a Belo Horizonte por duas estradas de rodagem e uma de ferro. Viajar no subúrbio de Sabará, às terças-feiras, é uma excursão pitoresca. É que, terça, dia de Santo Antônio, o trem vai carregado de comerciários, operários, domésticas, soldados e, principalmente, mães de família. Vão cumprir promessa em Roças Grandes, um lugarejo que fica antes de Sabará. Há, ali, uma curiosa sala dos milagres.

Sabará tem uma tradição de cultura. Terra de bons professores: Mestre Luís, Mestre Zoroastro, Mestre Caetano. E bons educandários.

Como em todas as cidades históricas as grandes festas de Sabará são as religiosas. Entre elas se destacam a Semana Santa, as festas do Divino, de Corpus Christi, de Nossa Senhora do Rosário, a Folia de Reis, concurso de presépios, de 25 de dezembro a 6 de janeiro.

É uma cidade onde corre dinheiro. Há um ótimo restaurante. Falta-lhe o hotel, um hotel confortável.

Sabará é diferente. Vale a pena percorrer suas ruas e visitar seus templos. É o que vamos fazer, agora.

TEMPLOS DE SABARÁ

IGREJA DO CARMO

Você está no centro de Sabará. Vê uma igreja vasta, sólida. É a do Carmo. A sua construção teve início em 1763. O primeiro risco foi feito por Tiago Moreira, e mais tarde modificado por Antônio Francisco Lisboa, o Aleijadinho. Entretanto, Tiago Moreira é considerado como o verdadeiro construtor do templo.

Os trabalhos de talha e os altares foram contratados por Francisco Vieira Soares e José Fernandes Lobo. As pinturas são de autoria de Joaquim Gonçalves da Rocha, muito admirado na época.

A igreja do Carmo é uma das que possuem maior número de obras do Aleijadinho. Ele trabalhou em Sabará, entre 1771 e 1783. Naturalmente, vinha, riscava, orientava os seus auxiliares e voltava a Congonhas, Ouro Preto ou São João del-Rei, onde os seus trabalhos eram solicitados a todo o momento.

O altar-mor é de autoria de Soares e Lobo. Aleijadinho é o autor do conjunto do coro, das grades do corpo da igreja, da porta principal, dos púlpitos e das imagens de São João da Cruz e de São Simão Stock. Observe o frontispício: há nele belos ornatos de pedra-sabão, obra do Mestre.

11 . SABARÁ

No interior da igreja, o genial toreuta cinzelou os tambores dos púlpitos em esteatita e é o autor dos atlantes que sustentam o coro. Obras do Aleijadinho são, também, as imagens de São Simão e São João da Cruz, o santo poeta. Trazem, ambas, as características inconfundíveis de sua arte.

Olhe para o teto: a pintura que você vê agora é de autoria de Joaquim Gonçalves da Rocha. No medalhão: Nossa Senhora com o Menino Jesus ao colo e coroada pelos anjos, entre nuvens brilhantes.

MATRIZ DE NOSSA SENHORA DA CONCEIÇÃO

Sabe-se que esta notável obra de arte teve início na primeira metade do século dezoito. Sua construção, entretanto, demorou longos anos. Desconhece-se qualquer dado sobre os autores. Apenas temos notícia da autoria do altar-mor, que é de Veríssimo Vieira da Mota.

Você encontra-se numa das mais ricas igrejas de Minas. É a maior de Sabará. Profusamente decorada. Sob as arcadas, oito altares laterais, cada um com sua concepção própria.

Na capela-mor, com teto e paredes fartamente ornamentadas, destacam-se a talha e os painéis. No altar-mor, a imagem serena de Nossa Senhora.

No teto da nave: pinturas inspiradas nas Ladainhas da Virgem.

À direita do altar-mor, veja uma porta, diferente de todas as que você viu até agora. É a célebre porta chinesa, vinda de Macau.

Toda pintada de ouro. Conduz o visitante à capela do Santíssimo Sacramento.

Na sacristia, você encontrará notáveis trabalhos de arte, como as arcas de jacarandá preto e quatro painéis com motivos do Novo Testamento.

Ao sair, não deixe de ver o batistério, junto à porta principal: cercada pela grade de madeira, uma pia de pedra-sabão, muito bonita.

IGREJA DE NOSSA SENHORA DO Ó

Bastaria a pequena igreja de Nossa Senhora do Ó para justificar a sua visita a Sabará. Interessantíssima.

Mas, por quê "do Ó"? Simples: A capela foi edificada sob a invocação de Nossa Senhora da Expectação do Parto, com a festa celebrada antes do Natal. Durante a novena, cantavam-se sete antífonas, que começavam com a interjeição "Oh". Um "Oh!" longo e grave que ecoava na pequena nave. O povo passou a chamar a novena de "Festa do Ó". O nome pegou. A igreja tornou-se conhecida por Nossa Senhora do Ó e estendeu o nome ao bairro que a circunda. A igrejinha é tão estranha e diferente como o nome que lhe deram.

Você põe-se à sua frente, observa as escadinhas de pedra escura, o tamanho de capelinha de roça, a torrezinha despretensiosa, e exclama: "Mas, é esta?"

Então, entre para ver.

A porta é almofadada e dá um ar de nobreza à igrejinha toda branca.

Ao entrar, o que vem ao seu pensamento é: Será possível? É exótica, sim. A ornamentação é toda de motivos chineses. Talha dourada sobre um fundo vermelho, coisa nunca vista. E os painéis? Todos orientais, na motivação e na técnica da pintura.

Agora, pergunta-se: Quem construiu o templo? Quem fez a talha? Quem pintou os painéis? Mistério!Seria algum português de Goa ou Macau? Teria sido orientada a construção por alguém que viveu na China? Ninguém sabe.

Você visita uma igrejinha branca da qual se sabe, apenas, que sua construção data de 1717.

E você voltará, um dia. É uma igreja que deixa saudades. Que impressiona.

É única, com a sua "chinesisse", no meio do austero barroco de outros templos de Minas.

IGREJA DE SÃO FRANCISCO

Iniciada em princípios do século XVIII.

Pobre de decorações. Há balcões laterais, no corpo da capela-mor.

Belíssimas imagens, destacando-se a de Nossa Senhora dos Anjos, que conserva, ainda, a primitiva pintura.

IGREJA DO ROSÁRIO (INACABADA)

Vá vê-la. É uma igreja inconclusa. Foi iniciada a sua construção em 1767 pela Irmandade de Nossa Senhora do Rosário dos Homens Pretos. Durante cem anos tentaram terminar as obras. Desistiram. Falta de dinheiro. A Irmandade era de pretos e de pobres.

A igreja seria grande e bela, não fossem os trabalhos paralisados. Lá estão as paredes de pedra, os vãos da porta principal e das janelas e o vazio dos quadros ovais.

Um muro cerca as ruínas.

Há uma escada de pedra e muita solidão. A solidão do irrealizado.

IGREJA DAS MERCÊS

Prepare-se para a subida. A pé. Uma ladeira calçada de "pés-de-moleque" é um obstáculo para os delicados.

Merecia um estudo especial o velho "pé-de-moleque", o calçamento irregular das antigas ruas de Minas: pedras de ferro roladas, duras, redondas, escorregadiças, um inferno. Um suplício, as ladeiras. Só os ricos não sofriam na caminhada (como sempre). Havia liteiras, e negros robustos para carregar, nos ombros, as barrigas moles dos feudais.

O preto descalço subia, lépido, o beco que dá acesso à Igreja das Mercês. Era a igreja deles. Da Irmandade dos Homens de Cor.

É toda de taipa e adobe. Simples e difícil como o céu dos humildes. Sem ornatos. No trono, Nossa Senhora das Mercês. No altar lateral, o abolicionista São Domingos.

Depois da chibata, era ali que o negro ia buscar consolo, afogando a sua revolta no choro e na oração.

MONUMENTOS CIVIS

SOLAR DO PADRE CORREIA

Antiga residência do Vigário Geral da Comarca do Rio das Velhas. Chamada, também, "Solar do Jacinto Dias". Ali, funcionam a Prefeitura e a Câmara Municipal.

A construção data de 1773. Portas e janelas trabalhadas com muito gosto.

Curiosos forros no teto. Escada de jacarandá. Salas enormes.

A capela é uma obra atribuída ao Aleijadinho. É bonitinha, tocante.

No segundo pavimento, um grande retrato: é o Almirante Saldanha Marinho, pintura do francês Luís Augusto Moureaux, que andou pelo Brasil, há muitos anos.

O TEATRO

O teatro de Sabará, antiga "Casa da Ópera", teve a sua construção iniciada em princípios do século dezenove. É o segundo mais antigo do Brasil.

Chamava a atenção naqueles tempos, um artístico pano de boca, de autoria de George Grimm, um louro que viveu na cidade, na época. Era alemão. Bebia muito, fazia a via-sacra do vício pelos botequins. Mas pintava bem. O pano de boca sumiu, ou deve estar nalgum porão, em frangalhos. É pena.

O teatro é uma das relíquias da terra. É o centro de todas as reuniões sociais ou comemorativas de Sabará. As vezes, é cinema; outras, transforma-se em local de assembleias políticas.

Visite o velho teatro. Fica situado na Rua Direita, próximo ao Largo do Rosário.

Ele completa a paisagem colonial de Sabará.

CASA DO ALEIJADINHO

Quando Antônio Francisco Lisboa firmou contrato com a Ordem do Carmo para os trabalhos da igreja, trouxe em sua companhia os auxiliares

12 . OURO PRETO

Joaquim José da Silva, José Soares da Silva, Tomás José Veloso e José Rodrigues da Silva. Onde instalaria o seu atelier? A Ordem possuía uma casa situada próximo das obras: Ali, moraram o artista e seus auxiliares, durante os trabalhos. Aleijadinho encontrava-se, já, muito doente. Não gostava de aparecer em público e só mantinha entendimentos, por questões de serviço, com o Frei Clemente, da Ordem do Carmo.

Uma escadinha, uma porta, três janelas, a Casa do Aleijadinho pode ser vista na Rua do Carmo, perto da igreja.

CASA DO BORBA

O casarão fica na Rua Borba Gato. Assobradado, quatro degraus, balaustrada, beiral, várias janelas. Sólida.

É essa a casa do famoso bandeirante? Nada. O Borba não a construiu nem morou nela. Coisas do povo...

Borba Gato é tão popular em Sabará como um jogador do Siderúrgica. (Siderúrgica é um time famoso de futebol da cidade). O genro de Fernão Dias é uma sombra viva. Percorre vagarosamente as ladeiras e a imaginação. Há tesouros do Borba, capelinha do Borba, casa falsa do Borba...

OS CHAFARIZES

KAQUENDE - Só mesmo em Minas, nas cidades antigas de Minas, há nomes que ninguém decifra. Mas a denominação Kaquende é fácil de entender. É Cá-Aquém-De, isto é, do outro lado, na expressão pitoresca de algum português recém-vindo para cá, aquém... Kaquende tem uma água pura, que desce da serra, purificando-se na rocha e é gostosa. Escultura em pedras de Sabará. Data de 1757.

ROSARIO - O chafariz do Rosário é muito antigo. Duas carrancas jorram água para o sabarense. Há, gravados, uma coroa e um escudo imperiais. Trabalho em pedra e cal.

MUSEU DO OURO

A sua visita a Sabará completa-se com o passeio ao famoso Museu do Ouro, uma das mais felizes iniciativas do governo federal e do Serviço do Patrimônio Histórico.

O Museu do Ouro foi criado em 1938. Localiza-se num prédio construído em 1720 e que se destinava à Intendência que, de fato, ali funcionou por largos anos, exercendo uma fiscalização severa nos negócios das lavras em Minas Gerais. O imóvel foi doado ao governo pela Companhia Belgo-Mineira. Depois de restaurado e adaptado, instalou-se, então, o Museu no velho edifício.

É riquíssima a coleção que apresenta: esculturas, cerâmicas, arte popular, ourivesaria, armas antigas, ferramentas e utensílios usados na extração, bateias, documentos raríssimos, maquetes, mostrando as diversas fases da mineração, grande prensa para cunhagem, cofre de segurança para guardar o ouro que seria remetido à Coroa, mobiliário valioso e de antiguidade comprovada, um relógio de sol, curioso, em trabalho de pedra.

No pátio, um engenho, máquina primitiva das lavras auríferas. No teto, belas pinturas, alusivas aos cinco continentes e, na entrada, calçamento em pedra-sabão.

Guarda, ainda, uma admirável imagem de São Jorge, escultura em madeira de autoria de Antônio Pereira dos Santos. A pintura da imagem é de Joaquim Gonçalves da Rocha, o excelente artista que decorou a Igreja do Carmo. Ótima biblioteca especializada, documentos, quadros, pratarias e trabalhos de talha completam a notável coleção que expõe o Museu do Ouro.

TRANSPORTES

COMO SE VAI A SABARÁ - A partir de Belo Horizonte: de ônibus, várias viagens diárias, em 30 minutos. De automóvel, via BR-262, estrada toda asfaltada até a cidade: 23 km.

A Igreja do Carmo - Diamantina

CONGONHAS

Se você vai a Congonhas, prepare-se para ver uma cidade indiferente. Não sabe o que tem. Fica num vale, entre duas fieiras de montanhas. De um lado, o Santuário, o Hotel, os Passos e os Profetas. Do outro, a cidade anônima, com seu casario irregular.

A terra é vermelha, às vezes. Mas, geralmente escura. É o minério. Estamos pisando escamas de ferro, esmeris, sorvendo poeira de ferro. É zona metalúrgica, e há muitas empresas explorando minério nos arredores. É pedra negra e mais pedra.

Os Profetas, entretanto, resistem à ferrugem do tempo e às maquinarias do século. São de pedra-sabão. E trabalhados pelas mãos informes de um gênio. O maior gênio barroco do mundo.

Os congonhenses olham aquilo com a maior indiferença: já se acostumaram com o olhar severo de Isaías e a arrogância de Joel.

Aleijadinho, Antônio Francisco Lisboa, é o pai deles. Criou-os do nada. Deu-lhes alma e alegrou os pósteros.

13 . OURO PRETO

Aleijadinho é um produto do meio, mas sobrepôs-se ao meio e aos contemporâneos. Era genial. Teria consciência disso? Antônio Francisco Lisboa trabalhava com equipes de profissionais do cinzel, rigorosamente escolhidas. (Hoje, também, os arquitetos de gênio, Niemeyer, por exemplo, trabalham com equipes). Era duro no trato com os discípulos. O risco tinha de ser obedecido, sem vacilações.

Era mulato (preta com português) e considerado o toreuta mais famoso da época. (E de todas as épocas). Se vivesse em nossos dias, e com a arte que Deus lhe deu, seria um milionário. Morreu pobre, numa enxerga, desfigurado pelo escorbuto. Uma moça compadecida, a sua nora Joana, amparou-o até o fim. Ninguém o procurava nos últimos dias: não podiam ver naquele traste de gente, naquele corpo apodrecendo, um gênio, o deus da pedra-sabão.

Todos os seus contemporâneos morreram. Governadores, bispos, senhores de terras, ricos mineradores, generais, áulicos e juízes, todos morreram de uma morte total, absoluta. Mas o Aleijadinho aí está, respirando e aspirando os mesmos ares de Minas, de pé nos altares e nos adros, sangrando pela face de seus Cristos, clamando pela boca de seus Profetas, como se nos dissesse: "Eu os criei, eu vivo neles!"

Você vai desculpar essa eloquência, amigo. Mas Aleijadinho é isso: entusiasma. Congonhas nos espera. Vamos ver Congonhas.

O SANTUÁRIO

O Santuário de Bom Jesus de Matozinhos de Congonhas teve a sua construção iniciada em 1758. É uma igreja que testemunha a fé do português Feliciano Mendes, que a erigiu, cumprindo a promessa por uma graça obtida. Primeiro, ergueu uma cruz no morro do Maranhão e, próximo, construiu o nicho com a imagem de Jesus Crucificado. Isso foi em 1757.

Abraçando, depois, a vida de ermitão, Feliciano andava pelos arraiais e as povoações vizinhas, coletando esmolas para o término do templo. Não o viu pronto. Morreu, deixando para os seus sucessores o encargo da construção final. Foi um homem de muita fé. Ainda existe, na igreja, o pequeno oratório com o crucifixo, que lhe pertenceu. É singelo, com desenhos coloridos nas portinholas e, na cruz tosca, um Cristo meigo, suave, compreensivo.

A igreja cresceu, com a ajuda do povo e do clero. A contribuição dos paroquianos e principalmente as romarias, com o óbolo e o pagamento das promessas, fizeram do templo uma obra acabada, com belos altares e magníficos trabalhos de talha em madeira.

Uma alameda sobe pelo Jardim dos Passos, até alcançar o Santuário. À frente da igreja, algumas palmeiras e uma bonita praça, com seu calçamento poliédrico, o negro do piso contrastando com o branco dos muros. Uma escada de quatro degraus, em curva, dá acesso ao adro.

Você é recebido, logo à entrada do portão de ferro, por dois dos magistrais Profetas. À esquerda, Isaías lhe exibe o papiro de pedra, com as suas palavras de anátema. À direita, está Jeremias, com seus versos gravados na esteatita.

Você sobe, e é abordado pelos outros Profetas, que o investigam, o interrogam, penetram o seu coração assustado.

Subindo mais dois lances suaves da escadaria, você está diante da igreja, junto à portada. A fachada é de grande equilíbrio de formas e a portada é rica em entalhes, com duas colunas iguais, com flores e recortes, de onde despontam pequenas cabeças de anjos. Talha em madeira nas duas bandeiras da porta. Encimando-a, gracioso oval que apresenta as cinco Chagas de Nosso Senhor. O oval se ampara nas asas de um anjinho alegre, que divide o arco da porta, e é cercado de volutas que se convergem para as Chagas, como chamas. No alto da portada, uma cruz belíssima, sobre um globo.

As duas torres são esguias, com janelas simples, terminando com os para-ventos. No alto da fachada, entre as torres, o frontão com a cruz longa no centro.

Vamos entrar. O corpo da igreja deixa ver quatro altares laterais, bem trabalhados. A capela-mor é pródiga em ornatos. Imensa a variedade de motivos.

O altar-mor é vistoso. Quatro colunas o sustentam. Harmonia de linhas e cores. Não é um altar monumental, mas é belo no seu conjunto, bem proporcionado. Um Cristo na cruz, sobre um fundo crepuscular. E dois anjos, enormes, expressivos, seguram cornucópias encimadas por dois glóbulos de luz, aos pés do Senhor. Seis castiçais modestos cercam o sacrário. Duas imagens de santos, nos nichos, e duas entre as colunatas.

Mas, a importância do altar-mor está na maravilhosa imagem do Senhor Bom Jesus no Sepulcro. A escultura é das criações mais autênticas do Aleijadinho. Fica exposta sob o sacrário, tomando toda a extensão da mesa do Santo sacrifício. É um Cristo, de tamanho natural, deitado ao longo da câmara de vidro. Esquálido, cabelos e barbas negras, pernas, pés e braços perfeitos. Os olhos cerrados, chagas nas mãos, nos pés e nas faces. A expressão é de dor e cansaço. Os lábios, semiabertos, parecem dizer a última palavra. A mão direita é um detalhe riquíssimo. Mão, que somente o Aleijadinho poderia esculpir. O Senhor Morto de Congonhas vale a viagem, para ser visto.

Na sacristia, você pode demorar-se diante da imagem de São Joaquim, um trabalho de Antônio Francisco Lisboa. Um santo jovial, embora as longas barbas de patriarca.

As pinturas do templo foram executadas por Manuel da Costa Ataíde e Francisco Xavier Carneiro. As pinturas de Ataíde são notáveis. Muitos dos altares do Santuário guardam e exibem as tintas do famoso pincel.

Visitado o interior da Igreja do Bom Jesus de Matosinhos, vamos conversar sobre os Profetas, no adro.

OS PROFETAS

Os doze profetas do adro do Santuário do Bom Jesus de Congonhas representam a obra mais famosa, o ponto alto da escultura brasileira. São concepções geniais.

Procuraram-se em velhas bíblias ilustradas, nos incunábulos, em painéis antigos ou nos altares das igrejas da Europa, as fontes onde o Aleijadinho teria buscado os moldes ou modelos para suas maravilhosas esculturas. Em vão. O mulato criou os Profetas, imaginou-os, através das leituras do Velho Testamento (que ele o lia, e muito) e imprimiu neles o selo de sua arte. Por que tantos, ainda, não acreditam em Antônio Francisco Lisboa, depois de tudo? Por que o negam em muitos aspectos? Olhe aqui, amigo: se o Aleijadinho era um homem de poucas letras, se não tinha conhecimento das escolas contemporâneas, se nunca ouviu a palavra "barroco", o que tem isso com a coisa? Ele possuía o que você, ou, milhares, milhões não possuem: o gênio. Talento excepcional e vontade criadora não escolhem cabeças coroadas, ombros atléticos, ou os proporcionados de corpo ou de bens. São como os ventos de Pentecostes: sopram sobre os mais humildes.

Talhadas em pedra-sabão, as esculturas resistem ao tempo e aos ignorantes. Quando o Aleijadinho trabalhou os Profetas, já se achava muito doente. Torturado pela zamparina, que deixara apenas os cotós dos dedos e um corpo desmanchado, o mestre feria a pedra com o formão tinto de sangue. Os tribunos judeus ganhavam a forma, a cada golpe das mãos dolorosas. E se erguiam arrebatados. Era como se um deus os plasmasse de novo, os ressuscitasse da pedra, para outras batalhas contra os Caldeus ou a Babilônia.

ISAÍAS

É chamado o primeiro dos quatro profetas maiores. Era filho de Amós e descendente do rei David. Exerceu o magistério durante os reinados de Ozias, Joatan, Acaz e Ezequias. Foi morto, aos cem anos de idade, pelo rei Manassés, que o mandou serrar pelo meio.

A estátua de Isaías fica à entrada do adro, no primeiro lance, junto ao gradil de ferro. É de uma expressão severa. Um Isaías já velho, as barbas derramando-se sobre o peito. A túnica bordada e o coturno de guerreiro. Desenrola-se de suas mãos o papiro, com os dizeres: "Como os serafins celebrassem o Senhor, um deles encostou uma brasa aos meus lábios, com uma tenaz".

Os olhos de Isaías perdem-se em visões profundas. E de sua boca parece sair a imprecação: "Ouvi, céus, e tu, ó terra, escuta, porque é o Senhor que fala. Criei filhos e engrandeci-os, porém eles se revoltaram contra mim. Ai da nação pecadora, do povo carregado de iniquidades, da raça maligna, dos filhos malvados!".

JEREMIAS

Jeremias é chamado o segundo dos profetas maiores. Nasceu em Anatoth e era filho do sacerdote Hélcias. Tinha a idade de 21 anos, quando iniciou o seu magistério. Pregou durante quarenta e cinco anos, e morreu no Egito, na cidade de Tafnis, apedrejado pelos próprios homens de sua raça. Os cantos de Jeremias são verdadeiros poemas, nos quais lamenta a queda de seu povo e as ruínas de Jerusalém.

Na escultura do Aleijadinho, Jeremias aparece com a face marcada pelo sofrimento e iluminada pela caridade e a fé. Traz na mão esquerda a pena ou cinzel, e um manto cruza o seu corpo, em dobras largas. A cartela, que sua mão direita segura firme, diz: "Eu choro a derrota da Judeia e a ruína de Jerusalém. E peço que voltem ao meu Senhor."

O nariz aquilino, queixo forte, boca pequena e traços enérgicos. Seu lamento parece repetir a maldição de Job. É um grito de inadaptado: "Ai de mim, minha mãe! Por que me geraste para ser um homem de disputa, um homem de discórdia em toda esta terra?".

BARUCH

Era discípulo de Jeremias, o qual faz várias referências a esse profeta menor. Baruch escreveu um livro considerado santo. Acompanhou Jeremias ao Egito. Descendia de nobres judeus.

O trabalho do Aleijadinho mostra um visionário ainda jovem, expressão de alegria, olhos em sonhos, lábios entreabertos, cabelos bastos, encaracolados. A mão segura a cartela. Nela está escrito: "Eu predigo a vinda do Cristo na carne e os últimos tempos do mundo, e advirto os pios".

Ele medita, na solidão de Congonhas .

EZEQUIEL

É o terceiro dos chamados profetas "maiores". Pertencia à casta sacerdotal: e era filho de Buzi. Em Babilônia, para onde o levaram cativo, Ezequiel pregou durante vinte anos. Era contemporâneo de Jeremias. Enquanto este predizia em Jerusalém, Ezequiel fazia as suas profecias em Babilônia. Compreende-se que Ezequiel, cativo dos conquistadores do povo judeu, não poderia falar uma linguagem clara. Sua mensagem é algo obscura, carregada de símbolos. Sofreu o martírio no cativeiro e morreu como um justo.

Aleijadinho gravou na face de Ezequiel a certeza de Deus. É de uma expressão tímida, porém, confiante. Pende a cabeça, como se escutasse a palavra do Senhor. O seu manto é o mais rico em bordados. Barba rala. Os cabelos descem em anéis pelos ombros. Possui um semblante doce, quase meigo. É um homem ungido pela graça. No papiro de pedra, está escrito: "Eu descrevo os quatro animais no meio das chamas. E as horríveis rodas e o trono etéreo".

DANIEL

Daniel, o quarto dos profetas maiores, na classificação do Velho Testamento, era descendente de David e pertencia à tribo de Judá. Foi levado cativo, ainda jovem, para Babilônia, onde Nabucodonosor o escolheu para seu serviço. Fez grandes milagres na corte. É muito conhecido o episódio de Daniel na cova dos leões. Morreu aos 88 anos, no reinado de Ciro. Gozou, sempre, de grande prestígio, como profeta.

A escultura de Daniel, no conjunto dos doze Profetas do Aleijadinho, é soberba, é a mais admirada. Daniel aparece com as feições carregadas, quase duras, um nariz de abas vincadas, traço de energia e vontade. Lábios cerrados. Olhos que interrogam. Voluntarioso e másculo. Uma leve tristeza, diante dos ímpios. É um Profeta que comanda, que impera.

Aos seus pés, o leão. O mais belo leão que já vi. Juba em caracóis, partida ao meio, graciosa. O olhar do Profeta é o olhar do domador de feras e de reis.

A inscrição latina, que figura na sua cartela, é assim traduzida: "Foi encerrado na cova dos leões, a mandado do rei, escapou são e salvo, pelo auxílio de Deus."

OSEIAS

Era filho de Beeri e começou a sua pregação cerca do ano 810, antes de Cristo. O seu tema preferido é a vinda do Messias, sob o qual se unirão todos os povos.

O trabalho do Aleijadinho é belo pelo conjunto. É um Oseias jovem, magro, olhos distantes. Escreve. Repare nos seus coturnos. São perfeitos. O pé firme, os cordões da bota, o debruado do couro. A figura é leve. Rosto quase imberbe, o pescoço longo. Manto bordado; túnica com uma série de botões e ricamente ornamentada.

O que escreve Oseias na sua cartela. "Aceita a adúltera, disse-me o Senhor, eu o faço. Ela, feita esposa, concebe prole e dá à luz".

JOEL

Joel exerceu o seu magistério, cerca do ano 610, antes da era cristã, após a ruína de Israel. Natural de Judá. Sua palavra é vibrante, aliciadora; ele fala uma linguagem dura. É o Profeta do Juízo Final.

O Joel, que o Aleijadinho fez surgir da pedra-sabão, no adro do Santuário de Congonhas, é, talvez, a sua maior criação. Monumental, fascinante, envolvente. Ponto alto na estatuária do genial Antônio Francisco Lisboa. Observe-o bem. O perfil é primoroso, em traços enérgicos. Nariz bico de águia, lábios fortes, a barbicha em ponta, os olhos amargos, e os vincos da face denotando a angústia das noites perdidas nas visões do fim dos tempos. As mãos são belíssimas, principalmente a esquerda, a que segura o rolo. O turbante bem trabalhado, deixando cair a mecha de cabelos, em ondas. O bigode ralo, cobrindo o canto da boca. É um perfil insolente. Uma cabeça majestosa. De seus lábios parece sair a apóstrofe gravada na pedra, ao seu lado: "Eu explico à Judeia o mal que trarão à terra a lagarta, o gafanhoto, o bruco e a alforra".

AMÓS

É o Profeta Pastor. Viveu na povoação de Tecué, do reino de Judá. De origem modesta, era, no entanto, culto, versado nos velhos textos. Suas imagens são buscadas na natureza, em interessantes comparações. Foi um guia de ovelhas, simples, bom, amando a paz dos campos. Na sua visão, o lobo do mal persegue os cordeiros de Israel.

O Amós do Aleijadinho é uma escultura magistral. Veja-lhe o rosto: muito jovem, imberbe, sereno. Sonha: parece divisar, no horizonte dos tempos que hão de vir, um rebanho branco que se encaminha para o redil do Senhor.

Amós veste a túnica do pastor: singela, sem enfeites. O turbante pobre. É um moço humilde, acostumado à vida pastoril. Aleijadinho o imaginou assim, e assim, o transportou para a pedra, imprimindo-lhe traços de ingenuidade, na figura de campônio e de santo.

"Foi feito primeiro pastor e em seguida profeta. Acomete as vacas gordas e também os próceres". É o que está escrito na sua cartela, como definição de sua personalidade.

ABDIAS

Não é conhecida a época em que Abdias pregou. O reino de Cristo e o castigo dos Idumeus são os temas abordados em suas profecias.

A estátua de Abdias é coberta por um manto ornamentado. Vulto enérgico, figura máscula. As madeixas soltas, queixo em ponta, nariz judaico. Braço erguido, ele aponta o céu do Senhor de Israel e invoca o testemunho divino.

Na pedra que a mão esquerda segura, estão escritas as palavras de anátema: "Eu vos acuso, ó raça de Idumeus. E anuncio a vossa ruína".

JONAS

Jonas profetizou, entre os anos de 824 e 772, antes de Cristo. Viveu no reinado de Jeroboão. É conhecido o episódio de Jonas e a Baleia. Ele passou três dias no ventre do cetáceo, e foi restituído às margens, graças à sua fé no Senhor. Jonas devia ser reconhecido como o patrono ou protetor dos que navegam em submersíveis, assim como Elias deveria ser chamado o patrono dos cosmonautas. São Cristóvão não o é dos motoristas?

O Jonas do adro da Igreja de Matosinhos de Congonhas é comovente. Rosto de uma candidez, de uma ingenuidade impressionante. Ele volta a cabeça para os céus, a boca aberta, como se respondesse ao Invisível. Parece que Jonas mantém um diálogo com Deus. Escuta, interessado, e responde com monossílabos de espanto: "Ahn!", "É!", "Oh!". O Aleijadinho deu à sua fisionomia tamanha surpresa pelo que ouve, e tanta confiança no que está vendo, que, imitando o Profeta, erguemos instintivamente a cabeça e olhamos o céu, curiosos, à procura da mesma visão de Jonas.

Aos seus pés, a baleia submissa. A bocarra, a guelra, a arcada de afiadas serras. Ela olha o Profeta, carinhosamente, com a ternura da mãe que admira o fruto de seu ventre.

No papiro que se desenrola de suas mãos, estão escritas as palavras que elucidam: "Engolido pelo monstro, ficou escondido três noites e três dias no ventre do peixe, em seguida voltou a Nínive".

NAHUM

Nahum nasceu em Elcos, na Galileia. Sua vida decorreu obscura e sem grandes lances. Profetizou contra Nínive, a cidade da rainha altiva e dos combatentes saqueadores.

O Nahum de Antônio Francisco Lisboa é pesadão, gordo, um místico, cuja figura desmente o físico minguado dos visionários. Bonachão, ligeiramente obeso. Longas barbas, fisionomia plácida, atitude mansa e patriarcal. É um velho, sábio e resignado. As mãos são curtas. A túnica comprida e em largas faixas. Olhos rasgados, nariz empinado, com a ponta como verruga, orelhas pequenas, lábios breves e carnudos. Aleijadinho o imaginou um santo homem da Galileia, pausado e grave, ditando aquelas palavras que fulguram, gravadas na pedra, ao lado:

"Exponho o castigo que espera Nínive depois da recaída; digo que toda a Assíria deve ser destruída".

HABACUC

Da vida desse profeta, pouco se conhece. Sabe-se, apenas, que existiu ao tempo do cativeiro, na conquista de Israel pelas armas de Babilônia. Ele previu a ruína de seu povo e fez terríveis advertências aos Caldeus. Nas suas profecias, fala sobre Cristo, o libertador do gênero humano, e suas palavras são ungidas de beleza.

Antônio Francisco Lisboa esculpiu na figura de Habacuc a severidade e a tristeza. Um homem desolado e amargo. Na cabeça, um turbante alto e pesado. Rosto fino e comprido, sulcado, e de grande saliência zigomática. Barbichas, cabelos nos ombros, manto bordado. O braço erguido, num gesto de maldição sobre os ímpios de todos os tempos. Assim está escrito na cartela que a outra mão expõe: "A ti, Babilônia, te arguo, a ti, tirano caldeu, mas a vós eu canto, Deus grande, em salmos".

DISPOSIÇÃO DAS ESCULTURAS NO ADRO:

Amós - Nahum - Abdias - Habacuc
Jonas - Daniel - Oseias - Joel
Baruch - Ezequiel
Isaías - Jeremias

OS PASSOS

Os Passos de Congonhas são obras do Aleijadinho e completam a paisagem colonial e a atmosfera mística que envolvem a velha cidade.

Os Passos compõem-se de seis capelinhas, três de cada lado da alameda que se ascende até o Santuário.

As figuras são, todas, de tamanho natural, esculpidas em madeira (pau-cetim), e são em número de sessenta e seis. A sua execução foi contratada sob a administração de Vicente Freire de Andrade, pelos anos de 1796 a 1798. O Aleijadinho teve a grande colaboração dos seus auxiliares, nos trabalhos de entalhe e, mesmo, na concepção das figuras. Com exceção das imagens de Cristo, onde se revelam os primores da arte de Antônio Francisco Lisboa, as outras esculturas parecem de autoria de Maurício, Januário e Agostinho, escravos do Mestre, mas feitas sob a orientação dele.

Os legionários que aparecem nos quadros, por exemplo, mostram certos exageros, como narizes muito compridos, olhos arregalados, bocas tortas, cabeças desproporcionadas para corpos atarracados. Os soldados romanos, de semblante fero, conseguem despertar o repúdio e o ódio, como desejavam, certamente, os artistas. Os verdugos de Cristo são grotescos, sanhudos, brutais, enquanto a figura de Jesus (obra evidentemente do Aleijadinho) destaca-se pela beleza, suavidade e perfeição.

As capelas, que exibem as representações da vida de Jesus, são construções simples, de pedra e cal, quadrangulares (parecem essas capelinhas de cemitério), com uma cúpula pesada e escura.

Vamos, pois, visitar as capelas. Os Passos, ou Estações, vão aqui, pela ordem:

PRIMEIRO: O PASSO DA CEIA

Compõe-se de 15 figuras, em torno da mesa presidida pelo Nazareno. São notáveis em seus gestos e expressões. Destaca-se a de São Pedro, com a calva e a barbicha, os olhos, entre ingênuos e desconfiados. Perfeito esse apóstolo da Ceia. Outros, também, marcantes: São João adolescente, São Felipe altivo, São Bartolomeu cabisbaixo, São Tiago aflito e Judas astuto e ressabiado.

SEGUNDO: O PASSO DO HORTO

O mais belo de todos. Compõe-se de cinco figuras: Pedro, João, Tiago, o Anjo e o Cristo. Os três apóstolos estão dormindo sobre os travesseiros de pedra. Descansam de longos caminhos, entregues ao sonho dos bem-aventurados.

O Anjo que aparece ao Senhor para confortá-lo, tem as asas fulgurantes e traz um archote do céu.

A figura de Jesus espanta e comove, ao mesmo tempo. Ele interroga o Pai, a face voltada para o Reino, os olhos claros como auroras. A mão direita apoiada na rocha e a esquerda em movimento. O ombro direito nu e, sobre o pescoço e o peito, as gotas do suor de sangue. É um Deus jovem e belo.

TERCEIRO: O PASSO DA PRISÃO

Aqui aparecem, pela primeira vez, os ferozes legionários romanos, com seus capacetes de barbelas (nazistas?), as lanças e os espadins, os saiotes, as botas de cano, e a fisionomia dura de mequetrefes do poder político, com a gana de cães de César poderoso. Cercam ameaçadoramente o Nazareno. Jesus olha para o chão, resignado. Atrás dele, o cabreiro Judas.

No canto direito, uma cena interessante: São Pedro levanta a espada e corta a orelha de Melcos. O legionário berra (naturalmente um nome feio, em latim). É notável a figura do soldado, caindo, entre a dor e o espanto pelo gesto impensado de Pedro. Quadro de boa movimentação.

QUARTO: O PASSO DA FLAGELAÇÃO E O DA COROAÇÃO

São dois passos agrupados numa só capela, mas visivelmente distintos.

O Passo da Flagelação conta com sete estátuas: Cristo e seis legionários. Estes, narigudos, sempre vociferantes e atrevidos, armados de chicotes e lanças. Jesus, os pulsos amarrados, tem uma expressão de grande mágoa, quase aflição. O peito sangrando. Os braços musculosos, de veias salientes. Um Cristo de lágrimas.

O Passo da Coroação (na mesma capela) apresenta, também, sete figuras, entre as quais, a mais bela é a de Cristo, como nos outros conjuntos. As lanças cercam-no, os soldados zombam. Jesus, pungente, tem os olhos de quem chorou. Tristíssimos. O sangue jorra abundante sobre a túnica. Nas mãos jungidas, a palma. De seus lábios cai uma palavra de perdão. Jesus está cansado.

QUINTO: O PASSO DO CAMINHO DA CRUZ

É o Salvador na subida para o Calvário. Quinze figuras: mulheres em pranto, corneteiros, soldados romanos. Madalena e homens do povo. Uma jovem enxuga as lágrimas, enquanto uma criança gordinha, nos braços da mãe assustada, olha, sem entender, a cena do soldado insultando o Mártir.

SEXTO: O PASSO DA CRUCIFICAÇÃO

Este Passo possui movimento e grande equilíbrio na composição dos figurantes em cena. O Cristo é pregado na cruz. O bom e o mau ladrão esperam a sua vez e suas cruzes já se acham armadas. Dois legionários jogam os dados, outros assistem ao drama. Jesus, magro, pálido e arfante, o peito descarnado, tem as feições dolorosas, os olhos roxos na agonia. Um soldado romano empunha o martelo e o outro bate os cravos, violentamente. As chagas florescem. São rosas vermelhas. Um menino, figurinha estranha no conjunto, entrega ao legionário um prego, para o suplício de Jesus.

O quadro é monumental pela movimentação das figuras, em número de dez, e pela montagem, obedecendo à engenhosa disposição dos elementos.

É o último dos "Passos". Em 1985, o conjunto arquitetônico e escultórico do Santuário foi elevado pela Unesco a Monumento Mundial e Patrimônio Histórico da Humanidade.

OUTRAS VISITAS EM CONGONHAS

MATRIZ DE NOSSA SENHORA DA CONCEIÇÃO - Apresenta alguns belos detalhes e obras de arte. O risco do coro e a escultura da sobreporta são trabalhos do Aleijadinho. Monumental a coroa que encima a portada.

O medalhão é notável, pela audácia do risco e a execução habilidosa dos florões e capitéis.

SEMINÁRIO — Vasto edifício antigo, com um portão colonial, quatro colunatas, frisos dourados e um fabuloso emblema com as armas do Brasil Império e a coroa magistralmente esculpida.

O JUBILEU

O Jubileu de Congonhas é uma festa interessantíssima, como acontecimento popular e movimento de fé. Grande massa, contrita, vinda dos pontos mais diversos do Estado, toma a cidade durante 8 dias, lotando hotéis, pensões, casas residenciais e barracas. Famílias inteiras se deslocam de regiões distantes, e buscam Congonhas, pela estrada de ferro, ou nos caminhões de aluguel, numa viagem penosa. Fazendeiros do Oeste, boiadeiros do Triângulo, plantadores de café da Zona da Mata, mineradores, madeireiros do norte e do leste, todos procuram a Meca de Minas, para rezar, cumprir promessa, invocar a proteção do Senhor do Matosinhos. As ruas de Congonhas apresentam um espetáculo espantoso e comovente: aleijados tocando sanfona, cegos contando a desdita numa "moda" de triste dolência, as vendedoras de rosários e santinhos, o turco da chita, o baiano da joia, o protético oferecendo dentaduras prontas, doceiros, camelôs, o carioca das bugigangas, o menino da limonada, a florista, o vendedor de velas, o homem dos bentinhos e relíquias, o comerciante de panelas e os agenciadores de pensões; uma multidão ganhando dinheiro, aos gritos, aos empurrões, aos berros. Gente de todo o Brasil. E os que pagam promessa? Coxos, pernetas, aluados, crianças como fiapos nos braços da mãe, toda uma procissão de enfermos e esperançados sobe a ladeira dos Passos, em busca da benção, do perdão e da graça.

O Jubileu é realizado no mês de setembro, entre os dias 8 e 16. Outros eventos importantes: a Semana Santa, a Festa da Princesa Isabel a 13 de maio com desfile de grupos de congado.

COMO SE VAI A CONGONHAS - A partir de Belo Horizonte: De ônibus, partindo da Estação Rodoviária, com 78 km, e gastando 1 hora e 45 minutos na viagem. DO RIO: De ônibus ou de automóvel, siga a BR-040 até o km 376 (a contar do Rio) e, depois, siga à esquerda, mais 1 km. De São Paulo: Ônibus ou automóvel pela BR-116 até Barra Mansa, daí a Três Rios e desta ao km 376, da BR-040. Pode-se, também, alcançar Belo Horizonte e daí, Congonhas.

O Senhor do Bonfim dos Militares, D´a Diamantina

PRANCHA 17

PRANCHA 18

PRANCHA 19

PRANCHA 20

PRANCHA 21

PRANCHA 22

PRANCHA 23

PRANCHA 24

SÃO JOÃO DEL-REI

A fundação da cidade remonta a 1704, após a descoberta do ouro. Como outros arraiais de Minas, o povoado surge ao redor da capela erigida em devoção a Nossa Senhora do Pilar. Mais tarde passa a chamar-se Arraial Novo do Rio das Mortes. Em 1713 é elevada a vila e recebe o nome de São João del-Rei em homenagem a D. João V, rei de Portugal.

Se você pensa encontrar em São João del-Rei uma cidade tipicamente colonial, está enganado. Ela possui prédios modernos e inúmeras fábricas, sendo, mesmo, considerada um dos parques industriais mais ativos do Estado.

O certo é que há duas São João del-Rei: a tradicional, com seus templos maravilhosos, seus sobradões do século dezoito, suas pontes, seus chafarizes e capelas. Esses monumentos, entretanto, ficaram ilhados pelo progresso contínuo da outra São João del-Rei.

Felizmente, a tradição ainda é muito viva entre os são-joanenses: as festas religiosas, os hábitos, o culto dos seus santos, o amor às coisas antigas.

De outro lado, há um justificado orgulho pela sua expansão econômica. O são-joanense acha muito natural a sua curiosidade pelas igrejas e monumentos. Mas, você, também, deve ter palavras de elogio às instituições de cultura, ao arrojo das atuais iniciativas, se quiser agradar ao espírito progressista de sua gente.

São João del-Rei foi sempre assim: uma cidade que nunca parou. Desde os tempos da colônia, esse ímpeto criador marcou a fisionomia de seu povo. Entusiasta, inquieta, a cidade nunca ficou para trás. Sempre na vanguarda dos acontecimentos sociais, políticos e econômicos. A ação dos são-joanenses é marcada pelo pioneirismo. Ali, fundou-se um dos primeiros bancos do país. Implantaram-se indústrias novas, das primeiras do gênero em Minas. É um núcleo que se renova constantemente.

Quando muitas das outras cidades coloniais paravam na contemplação de seu antigo fausto, ruminando o passado, de olhos no próprio umbigo, São João del-Rei, sem deixar de cultuar a grandeza pretérita, caminhava para o futuro e crescia com as cidades mais jovens.

As tradições, como disse, são muito vivas em São João del-Rei. O culto da música, por exemplo, é marcante em várias gerações. O são-joanense orgulha-se de suas orquestras. São conjuntos de hábeis instrumentistas. Lá, o gosto pela música passa de pai para filho. Terra de afamados compositores, São João contribuiu, mais que outras cidades, para enriquecer o patrimônio artístico de Minas.

A Semana Santa é comemorada com grandes cerimônias e encenações das principais passagens. As festas juninas guardam seu encanto antigo com quadrilhas e congados. A Semana da Inconfidência de 16 a 21 de abril. O Festival de Música em julho e a festa da padroeira Nossa Senhora do Pilar, a 12 de outubro. O carnaval de São João del-Rei é famoso por sua animação com desfiles de escolas de samba e bailes em todos os clubes.

São João del-Rei é uma cidade limpa, asseada, agradável, no aspecto urbano. Bons hotéis, cinemas e restaurantes. Tem fama de cidade cordial. Realmente, o seu povo é de trato ameno, polido, observador, facilmente assimila os hábitos civilizados e as novidades.

É terra de políticos astutos. Ótimos chefes de clã, eles contornam as situações difíceis, com admirável habilidade.

E nessa alternativa, que já se tornou uma constante, de cidade de tradições e de progresso, São João del-Rei oferece ao visitante uma visão da Minas de ontem e da Minas de hoje. E é curioso, como o passado e o presente se irmanam, dando um exemplo esplêndido da harmonia dos contrastes.

São João del-Rei o espera. Você terá uma impressão magnífica de seus monumentos históricos, de seu parque industrial e de seu povo amável, conservador e progressista.

TEMPLOS DE SÃO JOÃO DEL-REI

IGREJA DE SÃO FRANCISCO DE ASSIS

É uma das mais belas igrejas do Brasil. O início de sua construção data de 1773, no lugar onde havia uma capelinha. O risco é do Mestre Aleijadinho. Você vai ficar deslumbrado. É um monumento religioso sem similar, exceto os templos da Bahia.

Veja-lhe a fachada. Fique diante dela e observe a portada do maciço franciscano, que é essa igreja de São João del-Rei. Dois escudos, um com o emblema da Ordem, outro com as armas de Portugal. Uma coroa de espinhos.

Acima, a imagem de Nossa Senhora da Conceição, com uma coroa em crivo, de pedra. Olhe mais para o alto da fachada. O que você vê, agora, é um trabalho do Aleijadinho: é a cena em que São Francisco recebe os estigmas, motivo, também, do medalhão do Santo de Assis em Ouro Preto. Parece que as mãos em chagas comoviam o genial escultor. Seu drama ...

Vamos entrar. Fique de costas para o altar, e veja, no arco da porta principal, uma cabeça de Cristo, em pedra-sabão. Observe o entalhe. Já sabe de quem é. Isto mesmo, de Antônio Francisco Lisboa.

Entremos. Verifique, à esquerda da nave suntuosa, a presença viva do Cristo Morto. Olhe os traços. São perfeitos. É uma imagem de madeira.

Se você leva um binóculo (aliás, é necessário levar binóculo, nas visitas às igrejas de Minas, para conseguir detalhes interessantes), ponha-o e veja o interior do templo, em toda sua majestade. O que você vê, agora, pendente do teto da capela-mor, é um lustre de cristal, esmaltado em cores. E, talvez, o mais belo candelabro existente nas igrejas do Brasil.

Tire o binóculo e vamos correr os altares. São seis laterais, ricos em entalhes de madeira. O altar-mor ostenta a imagem de São Francisco. Próximo do pobrezinho de Assis, vê-se um Crucifixo, incrustado de pequenos rubis. Parecem gotas de sangue coagulado. O efeito é admirável. Note, também, no altar-mor, a imagem do Senhor do Monte Alverne. Magnífica. Seu autor é desconhecido. Admire, agora, a arte de um São João Evangelista. A obra é do Aleijadinho.

Repare, nos púlpitos imponentes, nos ornatos que se multiplicam numa decoração vistosa, onde florões, volutas, carinhas de anjo, asas, pepitas de ouro e arabescos combinam-se numa ascensão harmoniosa.

Vamos à sacristia: o que você vê, agora, é uma relíquia do Santo Lenho, e há um documento, anexo, que comprova a sua autenticidade. Olhe o lavabo. É belo. Todo de pedra.

Ao sair, pare no adro: é um adro colorido, vasto, com uma balaustrada de mármore e um corrimão em pedra azul.

Colaboraram nas várias fases da construção e nas diversas obras do majestoso templo: Francisco de Lima Cerqueira, alferes Aniceto de Souza Lopes, o

14 . SÃO JOÃO DEL REI

pintor Joaquim Ernesto Coelho, Luís Pinheiro de Souza, Jerônimo da Assunção, José Maria da Silva, João Alves dos Santos e seu filho Carlos José dos Santos. O risco, as esculturas da fachada, a cabeça de Cristo e a imagem de São João Evangelista são do incomparável Antônio Francisco Lisboa.

MATRIZ DE NOSSA SENHORA DO PILAR

Construção iniciada em 1721. Sua fachada é de 1820.

Já sei. No hotel informaram-lhe sobre ela e você vai, apressado, vê-la: a fabulosa coroa de ouro maciço que cinge a cabeça da Virgem do Pilar. Sim, mas essa belíssima matriz não possui, apenas, a coroa da Virgem. Há muito mais para ser visto: os altares da nave e da capela-mor, as esculturas em madeira e as recamas de ouro.

Uma banqueta de prata, pesando dezoito arrobas. Prata legítima.

Vasos sagrados, de ouro.

Painéis da capela-mor, adquiridos em 1738, na Itália, representando, um, o Senhor na Casa de Simão e, o outro, o Mistério da Eucaristia.

Candelabros de prata na capela-mor e nos altares.

Quatro buquês de rosas, feitos de escamas de peixe coloridas.

Pintura no teto: Nossa Senhora do Pilar e a revoada dos anjos.

Grade de jacarandá negro.

Porta do sacrário.

Imagens de madeira.

Notáveis paramentos de estilo bizantino, bordados a ouro.

Na decoração dos altares, gastaram-se 100.000 folhas de ouro. Cem mil!

E a coroa de Nossa Senhora?

É um trabalho realmente bonito. O povo são-joanense doou essa preciosidade ao templo. O ouro é das minerações de São João, e as pedras preciosas, em número de trinta e duas, foram adquiridas em Teófilo Otoni. O desenho é de autoria do engenheiro Walter Toledo, gravador da Casa da Moeda. A execução da obra, que contou com a colaboração de vários ourives, fez-se sob a orientação de José Marinho de Rezende.

O risco da fachada da Matriz de Nossa Senhora do Pilar é de autoria de Manuel Vítor de Jesus.

IGREJA DE NOSSA SENHORA DO CARMO

Construção iniciada em 1732. Situada na Rua Direita, a rua da Matriz do Pilar. (A Rua Direita mudou o nome para Duque de Caxias, mas o são-joanense chama a Rua Direita de Rua Direita, mesmo).

Se a Matriz de Nossa Senhora do Pilar possui a preciosa Coroa da Virgem e a de São Francisco tem um lustre monumental, essa Igreja do Carmo ostenta uma obra marcante: o Cristo Inacabado. Seu autor é desconhecido. O Cristo está deitado, a face serena, cabelos e barbas longas. Perfeição anatômica. Tamanho natural. Não tem braços. Nem mãos para abençoar. Ele dorme, é o puro espírito velando pelos homens. A maravilhosa escultura é toda feita em cedro e está exposta na sala do consistório. Vá admirar-lhe a grandeza, na simplicidade dos traços, e revigore a sua fé.

O templo é de pedra. Poderosa fachada. A porta é graciosa, encimando-a uma imagem e um oval de luz. Torres corretas. Duas janelas com grades. Colunatas. O crivo na pedra da portada é trabalho do Aleijadinho.

Ao entrar, observe os altares. São sóbrios e com bonitas imagens. No altar-mor, Nossa Senhora do Carmo. Jovem, radiante, pura. Lustre de cristal, salvas, âmbulas, vasos, castiçais de prata.

Na Sala do Consistório, onde jaz o Cristo Inacabado, encontra-se um severo mobiliário de jacarandá. Na parede, dois quadros de Jorge Grimm: a "Transfiguração" e "Elias no seu carro de fogo". Aprecie, também, o "Quadro dos Milagres" de autoria do pintor são-joanense Venâncio José do Espírito Santo.

Trabalharam na construção do templo: na sineira e nas torres, o alferes Aniceto de Souza Lopes; na fachada: o escultor, de inegável talento, Francisco de Lima Cerqueira, filho de São João del-Rei. Cerqueira merece um estudo sério de sua obra.

IGREJA DE NOSSA SENHORA DAS MERCÊS

Construção de 1751, data controvertida. Não se sabe ao certo.

A igreja situa-se no alto da Praça Francisco Neves. Vista ampla da cidade.

Entre e veja:

No altar-mor: a imagem de Nossa Senhora das Mercês, com um manto bordado de fios de ouro e prata. Olhe para o alto: duas águias, um anjo e corações entre nuvens, obra do artista Luís Batista Lopes, são-joanense.

Nas paredes da nave: dois quadros. O da esquerda representa o Nascimento; o da direita figura a Fuga para o Egito. À frente: a Anunciação e a Apresentação do Menino a Simeão. São quadros de autoria de Ângelo Biggi.

Veja, agora, os altares: o da esquerda é consagrado à Senhora do Parto; o da direita, sob a invocação de Jesus Crucificado e da Senhora das Dores. Nichos com as imagens de São Raimundo e São Pedro Nolasco.

A igreja domina a paisagem: À sua frente, escadaria monumental.

Esquecíamos da Sala dos Milagres. Visite-a. Fica na sacristia. Quadros, ex-votos, fotografias, todo um desfile de sofrimentos que a fé baniu, e que são testemunhos de almas agradecidas.

OUTROS TEMPLOS

IGREJA DO ROSÁRIO — Com uma bonita imagem da Virgem do Rosário e uma Gruta de Lourdes.

IGREJA DE SÃO GONÇALO — Construída em substituição à primitiva capela de 1772. Em seu interior, imagens de São Gonçalo e Santa Joana D'Arc, cuja devoção reúne, anualmente, em grande festa, militares da cidade.
CAPELA DE N. S. DAS DORES, em estilo neo-gótico.
CAPELA DE N. S. DA PIEDADE E DO BOM DESPACHO - É uma das mais antigas. Erigida em 1741. Era chamada a capelinha dos presos.
Fica situada no Largo do Rosário.
CAPELA DO BONFIM — Situada numa elevação. É capela antiga.
CAPELA DO SENHOR DOS MONTES — Do século dezoito.
NOTA: As igrejas e as capelas de São João del-Rei devem ser visitadas pela manhã, quando se acham abertas para esse fim.

OS PASSOS

São cinco os Passos ou Oratórios, em São João del-Rei. Encontram-se em diferentes lugares. Devem ser vistos. São antigos e alguns bem trabalhados.

MUSEU DE ARTE SACRA

Instalado onde funcionou a segunda Cadeia Pública da Vila de São João del Rei. Adquirido pela Cia. Souza Cruz para implantação do museu.
O acervo reúne peças sacras, paramentos, imagens e prataria cedidos pelas irmandades religiosas.

MONUMENTOS CIVIS

São João del-Rei possui muita coisa para ser admirada. Vamos enumerar:

SOBRADOS:
Sobradão muito velho na Praça Severiano de Rezende.
O sobrado que foi residência do Barão de São João del-Rei. Nele, hospedaram-se D. Pedro II e sua comitiva. Fica situado na Rua Padre José Maria Xavier.
A casa mais antiga da cidade, sita à Rua Santa Tereza.
O sobradinho onde morou Bárbara Heliodora. Ali, casou-se com Alvarenga.
A Casa da Câmara, que foi o quartel das forças legalistas, na revolução de 1842.

PONTES DE PEDRA

São João del-Rei orgulha-se de suas pontes, e tem razão. São bonitas na simplicidade de seu estilo romano, sob arcos. Foram erguidas sobre o Lenheiro, um córrego que separa a cidade. A da Cadeia foi construída em 1798, e a do Rosário em 1800.

Passe pelas pontes. Elas são testemunhas seculares da vida de São João, e dão à paisagem um toque de cartão postal.

CHAFARIZES

Há o Chafariz da Legalidade, muito interessante, na sua construção em pedra azul. Data de 1833. E o Chafariz de Bronze, esse mais recente, de 1887. Fica ao lado da Igreja do Carmo.

PAÇO MUNICIPAL

Vasto edifício. Seguro. Dois pavimentos, sacada em toda a extensão do prédio e vinte e sete janelas de frente para duas ruas. Foi inaugurado em 1849. No edifício, funciona a Biblioteca, na parte térrea. Deve ser visitada. Além de obras raríssimas (foi fundada em 1827), possui uma balança de pesar o ouro destinado aos reis agiotas de Portugal, e uma estatueta da Justiça, trabalhada em pedra-sabão.

O TEATRO

Visite, em São João del-Rei, o Teatro Municipal. Edifício imponente, com três portas em arco, três janelas, ornatos, rampa e escadaria. Encimando-o, o grupo representando Apolo, Melpômene e Talma. É uma construção de fim de século, com influências da arquitetura francesa.

MUSEU DE ESTANHOS JOHN SOMERS

O Museu de Estanhos reúne objetos em estanho do Brasil e de países da Europa.

PASSEIOS NOS ARREDORES

A GRUTA DE PEDRA — Também chamada Casa de Pedra. Fica entre São João e Tiradentes. O passeio é agradável, principalmente pela manhã.

Vai-se de trem ou de automóvel.

FAZENDA DO POMBAL — Onde nasceu Tiradentes. O lugar está abandonado. Funciona ali um posto agropecuário. Veem-se apenas os alicerces do prédio antigo, único vestígio da grande propriedade rural, onde nasceu o Alferes. Vai-se em 15 minutos de automóvel; boa estrada.

CRISTO REDENTOR — Monumento erigido no Alto da Boa Vista. A estátua mede quatro metros e meio de altura e assenta-se em pedestal de pedra azul. A altura total do monumento é de dezessete metros e meio.

Vai-se até a imagem do Cristo Redentor por uma boa estrada de automóvel. De lá, descortina-se toda a cidade: seu casario, a chaminé de suas inúmeras fábricas, o rio, as ruas, as palmeiras e as igrejas, dominando com suas torres de séculos.

VIAGEM DE MARIA-FUMAÇA - Um passeio inesquecível em uma velha Maria-Fumaça inaugurada em 1881. A nostálgica locomotiva de bitola estreita parece nos levar de volta ao século XIX.

15. SABARÁ

MEIOS DE TRANSPORTE E HOSPEDAGEM

COMO SE VAI A SÃO JOÃO DEL-REI: A partir de Belo Horizonte: de ônibus, partindo da Estação Rodoviária: 190 km, em 5 horas de viagem. De automóvel, é melhor seguir a BR-040 até Barbacena e, desta, alcançar São João del-Rei, pela estrada asfaltada, com 60 km. Vindo do Rio (RJ): Seguir (de ônibus ou automóvel) a BR-040 até Barbacena e desta para São João del-Rei. De São Paulo: Pode-se seguir a BR-381 (Fernão Dias) até Lavras e, desta, alcançar São João del-Rei. Ou fazer a viagem via Belo Horizonte. São João del-Rei possui bons hotéis.

Diamantina

TIRADENTES

Uma das mais antigas povoações de Minas surgiu, também, graças à exploração do ouro. Em 1702 João da Siqueira Ponte chega à região e, em companhia de Tomé Portes, descobre ouro em um lugar chamado Ponta do Morro, que logo se transforma em arraial com a chegada de novos mineradores. Pouco tempo depois passa a chamar-se Arraial do Morro de Santo Antônio em louvor ao santo em cuja devoção ergueram uma capela. Com a abundância do ouro o arraial se desenvolve rapidamente e em 1718 é elevado à categoria de vila com o nome de São José del Rei. Com a decadência da mineração a cidade pára no tempo. Em 1860 é elevada à categoria de cidade e em 1889 recebe o nome de Tiradentes, em homenagem ao grande herói da Inconfidência Mineira, Joaquim José da Silva Xavier.

Tiradentes é a cidade que dorme o sono dos séculos, seus sobradões projetam sua sombra nas ruas calçadas de lajes enormes. O sol é antigo e quente.

16 . TIRADENTES

É, verdadeiramente, um dos perfis coloniais mais autênticos de Minas Gerais e do Brasil.

A cidade foi tombada como Patrimônio Histórico Nacional em 1938 pelo Instituto do Patrimônio Histórico e Artístico Nacional. Hoje, uma das mais importantes fontes de renda da cidade é o turismo, mantido pelo grande interesse despertado por seu conjunto colonial tão bem preservado. É, realmente, um dos grandes pólos turísticos de Minas graças aos seus festivais de cinema e gastronomia. Possui ótimos hotéis, pousadas, bons restaurantes e ótimas lojas.

Visite Tiradentes, você vai se apaixonar porque, realmente é um lugar inesquecível, um pequeno paraíso.

IGREJA MATRIZ

A IGREJA MATRIZ de Tiradentes é profusamente decorada, uma das mais ricas do Estado, pelo conjunto arquitetônico e pela suntuosidade de seus altares.

A construção é do início do século dezoito e tem as características do barroco jesuítico. Os trabalhos da fachada são do Aleijadinho. Pórtico majestoso. Observe a face desse colosso de pedra: ali, o mestre deixou os traços inconfundíveis de sua arte.

No corpo da igreja, os altares laterais enriquecem as paredes, pela disposição de seus ornamentos, pelo equilíbrio das linhas e pelo acabamento das imagens. As esculturas são, umas de pedra, outras de madeira, de afamados santeiros de Lisboa.

O altar-mor é impressionante pela sua luxuriante (cabe a palavra) decoração, emaranhado copioso de ramagens, capitéis, palmas e colunatas, entalhe gracioso. Tudo folheado a ouro, como se fosse uma imensa exposição de ourivesaria. Você se sente deslumbrado, diante dos detalhes. O artista demorou-se em minúcias, em filigranas, em rendilhados. O cinzel hábil entalhou na pedra-sabão ou na madeira uma floresta de arabescos. E tudo obedecendo a um risco que não peca nas proporções. As imagens voam entre a ramagem dourada, como pássaros coloridos.

As pinturas nas paredes figuram a Ceia, o Horto e o Magistério de Jesus. O teto mostra um desenho semelhante a uma teia gigantesca de fios brilhantes. É comovente a demora do pintor nos arremates e nas rendilhas. A matriz de Tiradentes é um milagre da arte, é um sinal de Deus. O divino e o humano se unem na glorificação do Eterno.

Na sacristia do templo, você deve ver o altar de Jesus Crucificado. É uma obra de linhas puras, as colunas douradas com entalhes rápidos e largos, onde rostos de anjos se insinuam. No alto das colunas, dois serafins, corados, pousam em descanso. E apontam o medalhão resplendente onde o Divino Espírito Santo fulgura. O arco do altar é enfeitado de emblemas, recortados em pano vermelho. Leves cortinas se abrem, deixando ver o Crucifixo. Aos pés da cruz, duas figuras compungidas: Nossa Senhora e a Madalena.

Uma maravilha da Matriz de Tiradentes é o órgão. Uma das grandes atrações dessa catedral silenciosa. Mede oito metros de altura por quatro de largura. Sua construção data de 1739, e os tubos foram importados do Porto. Todo folheado a ouro. Assemelha-se a um trono sonoro, cercado por uma grade de madeira, com retorcidos. A banqueta e a estante de pautas ficam entre os dois teclados, que se enfileiram em sentido vertical. A base, onde se assentam os gigantescos cilindros, tem o friso marchetado e em curvas suaves. Os tubos se elevam, com a ponta apoiada na base, e têm a forma dos modernos projéteis atômicos. Engenhosa disposição, em três grupos. São quarenta tubos da cor de ouro velho. Caem sobre eles guirlandas douradas, formando uma cortina de renda metálica. Dois ovais de som, sob os capitéis. Coroando o monumental instrumento, um tufo. E dois anjos, um de cada lado, tocando a trombeta.

A matriz de Tiradentes possui, também, um curioso relógio de sol. Objeto raro, no Brasil, o rústico engenho de medir as horas, conserva todo o primitivismo de sua execução. Ainda é consultado pelos habitantes da cidade.

Completam a riqueza do templo uma vasta cômoda de jacarandá, na sacristia, e a valiosa coleção de pratarias, a mais rica de todas as igrejas de Minas.

A sala dos suplícios é outra atração da matriz de Tiradentes.

SANTUÁRIO DA SANTÍSSIMA TRINDADE

É um velho templo, mas não possui muita coisa para ser vista. Sóbrio, vasto, com a construção simplista das igrejas romanas. Em 1923, a capela transformou-se em centro de romaria, recebendo mais tarde, o título de Santuário da Santíssima Trindade. Ai se realizam, anualmente, as festas do Santíssimo, às quais afluem milhares de fiéis das cidades vizinhas.

CAPELA SÃO FRANCISCO DE PAULA

Erguida no alto de uma colina, oferece belíssima vista da cidade.

CAPELA DE NOSSA SENHORA DAS MERCÊS

Possui um altar único em talha policromada. Repare na beleza extraordinária do conjunto de pinturas e douramentos feitos entre 1793 a 1824 por Manoel Victor de Jesus.

CAPELA DO BOM JESUS DA POBREZA

Inaugurada em 1750 a modesta capela apresenta frontão em volutas e, em seu interior, interessante imagem de Cristo Agonizante, talvez a mais bonita da cidade.

IGREJA NOSSA SENHORA DO ROSÁRIO

É considerada a mais antiga da cidade. A primitiva capela foi erguida pela Irmandade dos Homens Pretos, provavelmente, em 1708.

CAPELA DE SÃO JOÃO EVANGELISTA

Construída a partir de 1760, a capela abriga as irmandades do santo padroeiro, de São Francisco de Assis e de Nossa Senhora das Dores.

CHAFARIZ AZUL

Eis um dos mais admirados chafarizes das cidades históricas. Cercado por um muro de pedra, é uma obra vistosa: azul e branco com o lodo secular na base. Uma janela em arco, com esmaltado fingindo as vidraças. Há um escudo artístico. Encimando a construção, uma cruz proporcional. Três carrancas jorram água puríssima nas bacias de esteatita.

O chafariz foi construído em 1742. Há mais de dois séculos que Tiradentes serve-se dele. O espetáculo das mulheres na bica se repete, diariamente. Nos tempos antigos, eram as negras, carregando os barrilotes, busto mal coberto, tangas, e as rodilhas na cabeça. Hoje, são as domésticas e as meninas, com as latas vazias de querosene ou de banha, na mesma romaria à fonte. A água de duas centúrias molha, ainda, o rosto das mães de família e dos pretinhos de Tiradentes, na volta do chafariz.

MUSEU DO PADRE TOLEDO .

Está instalado no bonito solar onde morou o padre inconfidente Carlos Correia de Toledo e Mello. Dizem que aí morou também o alferes Joaquim da Silva Xavier. É um casarão colonial com inúmeras salas decoradas, coleção de móveis, tetos com cenas pastoris e pinturas primitivas. Vale a pena ver uma tela de São Mateus e um armário-estante pintados por Manoel da Costa Ataíde.

MUSEU DE ARTE SACRA — ANTIGA CADEIA

Erguida por volta de 1730 e destruída por um incêndio em 1829. Em 1984, o prédio foi transformado no Museu de Arte Sacra Presidente Tancredo Neves, sendo inaugurado em 1989.

CASA DA CULTURA

Pertencia à Confraria da Santíssima Trindade sendo adquirida pela Fundação Rodrigo Mello Franco de Andrade para criação de um centro de estudos sobre o patrimônio cultural do Brasil.

17 . TIRADENTES

MONUMENTO A TIRADENTES

Erguido no Largo do Sol em 1962 homenageia o herói da Inconfidência que deu nome à cidade.

LARGO DAS FORRAS

O Largo passou por várias mudanças. É hoje um ponto de encontro de turistas e viajantes. Seu casario transformado em pousadas, restaurantes e lojas foi planejado na atualidade por Roberto Burle Max.

MARIA-FUMAÇA

Faça uma viagem. Você se sentirá transportado ao século passado, acompanhando a paisagem e em boa parte do trajeto o leito sinuoso do Rio das Velhas.

TRANSPORTE

COMO SE VAI A TIRADENTES - De Belo Horizonte, Rio e São Paulo: via São João del-Rei. Veja como se vai a São João del-Rei, na notícia sobre essa cidade. Há quem se anime a ir de São João a Tiradentes seguindo o caminho de lajes da velha Estrada Real, que sobe e desce a serra, por onde passavam os liteiros do passado.

Panorama da Cidade

Museu do Diamante

DIAMANTINA

Diamantina é a mais jovial das cidades históricas de Minas. Destoa inteiramente do ambiente tranquilo, pacato, às vezes triste, das outras cidades coloniais.

O diamantinense é vivo e irrequieto. Gosta de novidades, de movimento. Dos mineiros, é o que mais aprecia o canto e a dança. Adora os bailes, as reuniões festivas, as canções populares.

Se você conversar com um diamantinense, não percebe, à primeira vista, que se trata de um homem nascido em Minas. É diferente. Comunicativo ao extremo, depois de dois dedos de prosa, já é amigo para o que der e vier. Fácil de aliciar.

Gosta muito de viagens. Rio, São Paulo, Paris, Nova Iorque. Diamantinense não pode ficar quieto: adoece.

Ama as dificuldades. Aparentemente, é um idealista. É um Quixote por fora; por dentro, é um Sancho, prático, objetivo, imediatista.

Aprecia as barganhas. Hábil negociante, raramente é lesado. Honesto, mas vivíssimo.

Diamantinense tem fama de beber bem. Há, até, aquela brincadeira: em Diamantina, só não bebem os sinos, porque estão de boca para baixo.

18 . DIAMANTINA

Mas, creia, não é tanto assim. O diamantinense é, isto sim, um degustador de bons vinhos. Há outros mineiros que bebem melhor: o paracatuense, por exemplo. Paracatu possui a mais pura cachaça do Brasil, enquanto o melhor vinho é o de Diamantina. Existem, porém, diamantinenses e paracatuenses intransigentemente abstêmios. São coisas ...

A cidade mais alegre de Minas é bonita, bem cuidada e limpa, clima excelente, água potável pura, boa comida e farta. É famosa por suas festas e serestas. A Semana Santa com o desfile da Guarda Romana na Sexta-feira; O Festival de Inverno em julho que atrai gente de todo o país; a festa de Santo Antônio a 13 de junho; a festa de Nossa Senhora das Mercês em 15 de agosto; o Dia da Seresta a 12 de setembro; a Festa de Nossa Senhora do Rosário em outubro quando todos se encantam com o som das músicas e danças dos Marujos e Caboclinhos.

As noites de Diamantina são inesquecíveis. As reuniões nos clubes, as festas nas residências, as serenatas com lua, tudo deixa em nós uma grande saudade, quando se despede da cidade e seu povo.

Se São João del-Rei é a terra de conhecidos musicistas, de instrumentistas famosos, Diamantina é a cidade das "gargantas privilegiadas". Vozes entoadas, harmoniosas. Há um tenor em cada esquina, um soprano em cada reunião familiar. Toca-se bem o violão. Vale a pena escutar modinhas na voz diamantinense. No coro das igrejas, as vozes nos tiram a atenção da missa. Voltamo-nos, a todo o momento, procurando divisar o cantor que se sobressai.

Você, que se acostumou a ver no ex-Presidente Juscelino um homem dinâmico, inquieto, naturalmente julga que todos os mineiros são assim. Engana-se. Juscelino, além de mineiro, é diamantinense. E gente de Diamantina é entusiasmada e desassossegada. Você já imaginou um itabirano ou um marianense com aquela vivacidade comunicativa e aquele ímpeto quase irrefletido? Impossível.

Por tudo isso, Diamantina é diferente. É uma cidade colorida, realizada, satisfeita e única no meio das irmãs, no panorama das cidades históricas, geralmente mansas, desconfiadas, serenas em sua grandeza.

Autêntica e excepcional, tanto nos atrativos histórico-culturais e naturais, Diamantina é hoje Patrimônio Cultural da Humanidade.

Diamantina deve figurar no seu roteiro. Você deve conhecê-la. Gostará de voltar um dia para demorar mais tempo. E voltará.

IGREJAS DE DIAMANTINA

IGREJA DO CARMO

Notável sob vários aspectos. Fica situada na Rua do Carmo. A fachada é austera. A portada com obras de talha e, acima, um oval singelo. Três janelas

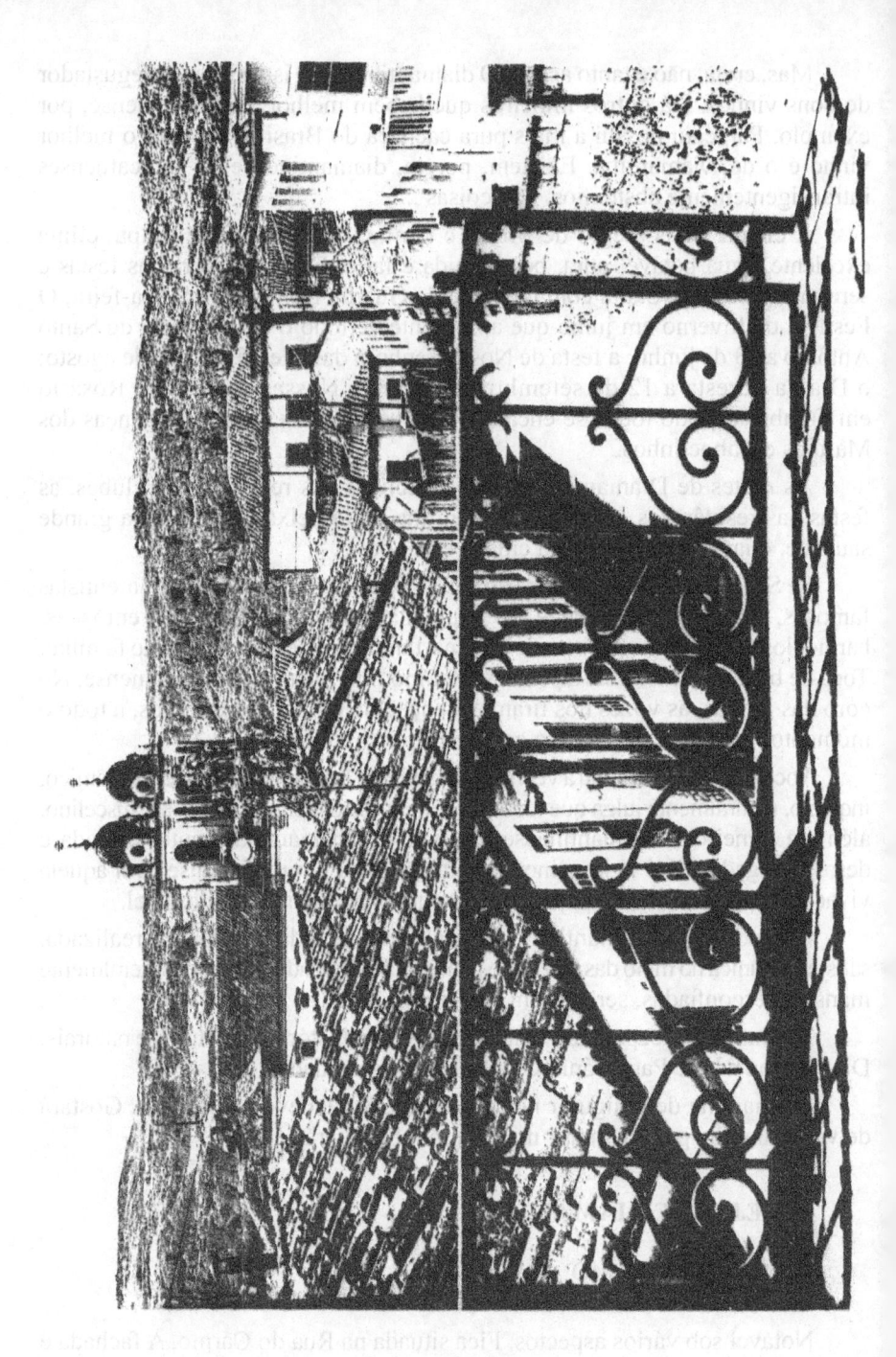

19 . DIAMANTINA

com sacadas. Ao lado, a porta menor. No alto, a cimalha, com uma cruz modesta. Longos beirais. Tudo dá a essa igreja um toque diferente.

O interior é belo e suntuoso. A nave e a capela-mor ricamente decoradas. Trabalhos do guarda-mor José Soares de Araújo, que deixou nos templos de Diamantina obras preciosas. Velhas imagens e, no altar-mor, de talhas douradas, a de Nossa Senhora do Carmo.

A igreja, mandada construir pelo célebre Desembargador João Fernandes de Oliveira, em 1758, possui um detalhe curioso: a sua torre, única aliás, foi construída na parte de trás, quebrando, assim, a tradição de torres na fachada, geralmente seguida no mundo inteiro. Você, surpreso, há de perguntar: por que essa torre no fundo da igreja? Simples. Em frente, morava João Fernandes de Oliveira, o milionário, que vivia com a fabulosa Chica da Silva. A mulata, cansada das festas na mansão, dormia até tarde e não queria ser acordada pelos sinos do Carmo, nas missas matinais. Resultado: constrói-se a torre nos fundos da igreja. Chica precisa dormir tranquila. Chica necessita repouso para o corpo. Nada de sinos espirituais. Chica da Silva é personagem de outro dos livros de Agripa Vasconcelos, Chica Que Manda, publicados por esta Editora.

Esse Brasil dos antigos ...

IGREJA DE SÃO FRANCISCO DE ASSIS

Fica situada no centro de Diamantina.

Construção de 1771. Você deve observar os trabalhos de talha nos altares e nas mesas de comunhão. São admiráveis e perfeitos.

No teto da capela-mor e do consistório, magníficas pinturas do guarda-mor José Soares de Araújo. A sacristia é vistosa. Pratas e alfaias, e uma cômoda ricamente trabalhada em jacarandá. Não deixe de observar a primorosa pintura de Silvestre de Almeida Lopes, que retrata São Francisco de Assis em êxtase místico frente ao Cristo crucificado.

Nessa igreja foi sepultada a famosa Chica da Silva.

IGREJA DAS MERCÊS

Situada na Rua das Mercês. Construída pelos pretos, no século dezoito.

Altar-mor com trabalhos de talha dourada. A capela-mor fartamente decorada, destacando a pintura de autoria de Ataíde.

IGREJA DE NOSSA SENHORA DA LUZ

Foi mandada construir por Dona Teresa de Jesus, no ano de 1819. Dona Teresa era menina, em Portugal, quando do terremoto de Lisboa em 1755. Ela e sua família nada sofreram, graças à invocação à Virgem.

A menina guardou a lembrança do acontecimento. Veio para o Brasil, cresceu aqui, casou-se com um ricaço, e cumpriu o seu voto: mandou construir a Igreja de Nossa Senhora da Luz, que você visita, agora.

IGREJA DE NOSSA SENHORA DO ROSÁRIO

É a mais antiga de Diamantina. O início de sua construção data de 1726 ou 27.

É de fachada simples, mas seu interior apresenta certos detalhes que mostram gosto artístico e sensibilidade do executor da obra.

O teto da capela-mor possui uma pintura de autoria de José Soares de Araújo. Bela. Veja, também, o retrato, a bico de pena, de um jovem padre, pregando aos fiéis. A assinatura é de E. A. Miranda.

IGREJA DE NOSSA SENHORA DO AMPARO

Situada na Travessa do Amparo. É um templo de fachada sem muitos ornatos.

É chamada a igreja imperial. Ali são realizadas as festas do Divino, com o império da Santa e a famosa dança dos caboclinhos. É um acontecimento que empolga Diamantina inteira pelo esplendor do desfile, pela indumentária dos participantes, pela ornamentação dos altares e pelo comparecimento de multidões de romeiros.

BASÍLICA DO SAGRADO CORAÇÃO DE JESUS

Visite-a. É um monumento em puro estilo gótico. Suntuosa. Ampla. Belíssimos vitrais importados da França são elementos de atração para os visitantes. Fica situada nas imediações do Seminário.

CAPELA DO SENHOR DO BONFIM

Tem, para mostrar ao visitante, uma fachada imitando o estilo da Igreja das Mercês, com uma torre ao lado e uma escadinha escura.

No interior, observe, ainda, as suas imagens, São antigas, e um exemplo da velha estatuária dos santeiros de Lisboa.

Pende do teto um rico candelabro de prata.

MONUMENTOS CIVIS

Diamantina é uma cidade que oferece aos estudiosos do nosso passado elementos preciosos para o conhecimento, em detalhe, da arte colonial brasileira. As igrejas e, principalmente, os velhos sobradões são edifícios conservados, mostrando toda a autenticidade e riqueza da arquitetura do século dezoito.

Recomendamos, pois, ao amigo que nos acompanha, a visita, em Diamantina, aos seguintes pontos de interesse:

Casa de Juscelino Kubitscheck.

Típica casinha mineira do século XVIII. Modesta construção de um só pavimento que serviu como residência da família de Juscelino de 1907 a 1920.

O Museu Casa de Juscelino foi inaugurado em 1985 e guarda em seu recinto várias lembranças do notável político diamantinense. Em 1994 foi construído o anexo Júlia Kubitscheck. Nele fica a Biblioteca João Gomes da Costa.

Na Rua Dr. Álvaro Mata (antiga da Glória), você encontrará os velhos edifícios do Colégio Nossa Senhora das Dores, um dos quais foi residência oficial do Intendente Câmara. Mais além, a Santa Casa de Caridade, prédio construído para fins específicos, e funcionando como hospital, desde 1790.

No Largo Dom João, visite o Seminário Arquidiocesano, tradicional, de grande fama nos meios culturais do País.

Na esquina das ruas Lalau Pires e Juscelino Barbosa, você poderá admirar o sobrado onde morou a famosa Chica da Silva, em companhia do Desembargador João Fernandes de Oliveira; é um prédio colonial singularíssimo, com um alpendre fechado com muxarabiê, elemento decorativo que vedava o interior à curiosidade dos transeuntes.

Na Rua do Contrato, hoje Rua Juscelino Barbosa, você encontrará o Palácio Arquidiocesano, um casarão vetusto e amplo.

Na Rua do Bonfim, próximo à capelinha, vê-se uma casa de dois andares e com um senhorial balcão de fora a fora. Um colonial típico.

A Rua Campos de Carvalho é uma sucessão de sobrados com sacadas e curiosos ornatos. É uma rua de cidade antiga.

Na Praça Dom Joaquim, visite a Cadeia Pública (eu disse visite...). É um prédio severo. Ali funcionava, outrora, o Teatro Santa Isabel, sempre lembrado pelas suas noites de espetáculo. Hoje, é cadeia... Os prédios, às vezes, caem em desgraça. Junto dele, você encontra as ruínas de um chafariz secular. Data de 1787.

Numa casa de esquina da Rua do Amparo, morou o escritor diamantinense Antônio Torres, polemista dos mais temidos. Lá está, e bem conservada, a casa do Torres. Sua biblioteca é franqueada ao público.

A Praça Barão do Guaicuí ostenta sobradões velhíssimos, muitas casas comerciais e o Mercado, construído em 1835.

Na Praça Conselheiro Mata, ergue-se a casa que foi residência do inconfidente Padre José da Silva e Oliveira Rolim, hoje, a sede do Museu do Diamante. Visite o Museu. Possui rica documentação e notáveis coleções, verdadeiras relíquias do velho Tijuco.

Subindo a Rua Tiradentes, encontrará o sobrado que pertenceu ao Intendente Câmara. No salão, você pode admirar as belíssimas pinturas no teto, representando cenas campestres.

Visite, ainda, mas de carro, pois fica um pouco distante do centro, o Recolhimento dos Pobres, o conhecido estabelecimento "Pão de Santo Antônio", fundado em 1902 pelo benemérito Professor José Augusto Neves.

Não devem ser esquecidas, no seu roteiro, as grutas da Talha Verde. Ficam a sete quilômetros da cidade, mas vale a pena o passeio.

Se tiver tempo, vá, de carro, admirar as ruínas da mansão da Chica da Silva, que fica a pouca distância do centro de Diamantina. Chica da Silva, como você sabe, era uma mulata que viveu como rainha. Uma mulher de sorte. Teve o amor e o dinheirão do desembargador João Fernandes. Fez deles o que quis. Até parecia feitiço. Uma dona feia, beiçola, deselegante, inculta, domina, durante longos anos, o senhor de milhões, submete-o aos seus caprichos de mestiça, ostenta um luxo de contos orientais, é a senhora absoluta de dois territórios valiosos: o Tijuco e o coração do João.

Chica mandou construir a mansão com o mais apurado requinte do século: móveis de França, espelhos, tapeçarias, mármores da Itália, lustres e pratarias. Próximo, um lago artificial, imenso, onde singrava as águas mansas um navio perfeito, com velas, camarotes, equipagem. Nele, passeavam os convidados da festa veneziana.

Grandes festas as da Chica. A elas, afluía o "society" do Tijuco. A cafuza era adulada, presenteada, cortejada. Durava horas o desfile do beija-mão da nobreza, clero e povo. Ah! Os bajuladores...

TRANSPORTE E HOSPEDAGEM

COMO SE VAI A DIAMANTINA - Partindo de Belo Horizonte, de ônibus: 334 km, em 7 horas e 20 minutos de viagem. Parte da Estação Rodoviária. Do Rio ou São Paulo: via Belo Horizonte. Diamantina possui bons hotéis.

20. SÃO JOÃO DEL-REI

SANTA LUZIA

Tão próxima e tão distante. Santa Luzia está ali, perto da Capital de Minas. Mas era uma cidade que havia parado nas reminiscências. Há muitos anos, vivia da memória. Contava acontecimentos e ninguém a escutava.

Não dávamos conta de sua importância. Não víamos nada demais nas suas coisas antigas. Estava na nossa intimidade e faltava-lhe perspectiva na paisagem colonial de Minas.

Um dia foi descoberta, na humildade de seu recolhimento. E surgiu, rica de monumentos, incluindo-se, logo, no rol glorioso de suas irmãs.

O nome da cidade é uma homenagem a Santa Luzia, protetora dos olhos. Em 1700, pescadores encontraram, após uma enchente, uma imagem da santa às margens do rio das Velhas. Desde então, romeiros vêm à cidade pedir cura à santa.

A grande festa da cidade é o dia 13 de dezembro, quando se comemora o dia da santa. Centenas de romeiros vêm à cidade, pedir e agradecer as graças alcançadas. São realizadas missas, a rua principal se enche de barraquinhas com comidas típicas e lembranças da padroeira.

Santa Luzia é, hoje, vista como um repositório importante de tradições históricas.

21 . OURO PRETO

Seus templos, seus sobrados, seu museu, oferecem elementos preciosos para a reconstituição de fatos de nosso passado.

Santa Luzia é próxima. Vencendo uns poucos quilômetros por duas estradas asfaltadas, divisa-se a cidade, com as suas ruas antigas e as torres das igrejas, altas e poderosas como antenas de Deus.

Ao entrar, evocamos, logo, os combates da revolução de 1842. Ouve-se, ainda, o pipocar das carabinas dos revoltosos ou o estrondo dos clavinotes de pólvora seca dos legalistas. Escuta-se, e bem, a voz forte de Caxias, comandando os assaltos ao reduto dos insurretos. As casas mostram as fachadas cobertas de cicatrizes. São marcas da epidemia revolucionária.

Santa Luzia foi palco de terríveis combates. Ofereceu resistência às forças do maior cabo guerra do Brasil; derrotados os revoltosos, Santa Luzia recolheu os uniformes rotos dos vencidos e os troféus do vencedor, e os guardou num museu, o Museu Histórico Aurélio Dolabela, e hoje, os ostenta, orgulhosa, em rica coleção, para nossa curiosidade. Santa Luzia possui a fama de cidade culta. Dali, espalharam-se pelas redações de jornais, pelas tribunas do parlamento, pelos corredores da política, chusmas de homens inteligentes.

O luziense é de prosa puxada. Conversa horas e horas. Tem a palavra fácil e é o narrador do pitoresco. Casos como os de Santa Luzia são raros. Saborosos, picantes.

Tribunos os há, na velha cidade. O amor à eloquência vai de geração a geração. Se você vai a Santa Luzia, procure conhecê-los.

Santa Luzia vive, agora, dias de agitação e euforia. Integrou-se na mania do desenvolvimento. Possui a sua cidade industrial, às margens do Rio das Velhas. Só se fala em Frimisa, Klabin, Celite e outras potências. O núcleo operário cresce. Ela desperta de um sono secular e vive uma nova alegria. Está em festas. Vibra com o rumor das máquinas que estremecem as ruas, rodando para a outra revolução, a industrial. Sai de seu recolhimento. Renova-se diante do espelho, como a solteirona que deixa as sacristias e vai, louca, ao encontro das tentações do mundo: o progresso, a conquista de mercados, a produção e o capital.

Enfim, Santa Luzia conserva o passado tão presente, que você terá gosto em vê-la e ouvi-la sobre coisas antigas e fatos memoráveis.

VISITE EM SANTA LUZIA:

IGREJA MATRIZ - Obras de talha, pratarias, belos altares. Majestosa. É mais um dos belos exemplares mineiros do Barroco. A pintura do teto é atribuída a Manuel de Ataíde.

IGREJA NOSSA SENHORA DO ROSÁRIO - Construída pelos negros que se organizaram em irmandades, data de 1755. Possui belíssima imagem de Nossa Senhora do Rosário.

SOLAR TEIXEIRA DA COSTA onde atualmente funcionam a Casa de Cultura e o Museu Aurélio Dolabela. Serviu, em 1842, como quartel-general para Otoni e depois para o vitorioso Caxias.

MONUMENTO À REVOLUÇÃO DE 1842 — Na Fazenda Alcobaça, Muro de Pedras, a dois quilômetros da Matriz.

CHAFARIZ DA INTENDÊNCIA — Data de 1792.

MOSTEIRO DE MACAÚBAS — Inaugurado entre 1714 e 1716 foi a primeira escola feminina de Minas Gerais e entre suas alunas estavam as filhas de Chica da Silva, a lendária negra de Diamantina. O mosteiro possui obras de Manuel de Ataíde em suas capelas.

As freiras da Irmandade Beneditina ocupam parte do prédio em regime de clausura. Uma ala do mosteiro foi transformada em pousada, com um restaurante tipicamente mineiro. Além disso as freiras fabricam deliciosos vinhos e licores de laranja, jabuticabas e pétalas de rosas. Vá visitá-lo, vale a pena, é um passeio inesquecível.

COMO SE VAI A SANTA LUZIA: De ônibus, partindo da Estação Rodoviária, em Belo Horizonte. São 27 km, e faz-se a viagem em 1 hora.

Diamantina

OUTROS LUGARES HISTÓRICOS

Minas Gerais possui inúmeras localidades, onde os estudiosos de arte colonial podem buscar elementos para as suas pesquisas e onde os visitantes encontram motivos para suas viagens ou puro prazer estético. Os mais importantes trabalhos, a maioria do Aleijadinho, encontram-se em Catas Altas, Santa Rita Durão e Barão de Cocais.

BAEPENDI

Colonização que data do século dezessete. Tradições religiosas, destacando-se a Semana Santa. Igrejas de Baependi: NOSSA SENHORA DA CONCEIÇAO, no alto da cidade; chamada "Igreja de Nhá Chica", que a mandou construir. MATRIZ: rico interior com belíssimo altar-mor, Alguns sobrados seculares. Situada no Sul de Minas, Baependi fica muito perto de Caxambu (sete quilômetros de ônibus).

22 . OURO PRETO

BARÃO DE COCAIS

A cidade não apresenta aspecto decadente. Guarda pouca coisa do passado, mas que merece ser vista: a IGREJA DE SÃO JOÃO BATISTA, com a imagem do santo na portada. A imagem é um dos primeiros trabalhos do Aleijadinho, quando o Mestre se iniciava na torêutica. A cinco quilômetros da cidade, existe, ainda, a casa onde morou o Barão de Cocais, financiador da Revolução de 1842. Possui muitas relíquias do Barão. Barão de Cocais fica a 91 quilômetros de Belo Horizonte. Vai-se de ônibus.

CACHOEIRA DO CAMPO

Foi palco de sangrentos episódios, como os combates da Guerra dos Emboabas. Residência dos Governadores da Capitania, nos tempos da Colônia. A vila pertence a Ouro Preto. Fica à margem da Rodovia dos Inconfidentes, no quilômetro 77. É servida pelos ônibus que fazem a linha Belo Horizonte-Ouro Preto. Cachoeira do Campo possui duas igrejas, dignas da visita dos turistas: a MATRIZ, construção do início do século dezoito, e a IGREJA DE NOSSA SENHORA DAS DORES, com magnífico teto.

CAETÉ

Em Caeté, há um templo que deve ser visitado pelos estudiosos da arte colonial: a IGREJA DE NOSSA SENHORA DO CARMO, cuja construção foi iniciada em 1754. Há, nela, duas obras do Aleijadinho: a imagem de "Nossa Senhora com o Menino Jesus nos Braços" e um altar com notável trabalho de talha. Caeté está ligada a Belo Horizonte por ônibus que faz a viagem em uma hora e vinte minutos.

CAMPANHA

É a mais antiga cidade do Sul de Minas. Apresenta aspectos interessantes. São típicos os seus velhos sobrados. Visitas: Palácio Episcopal, Museu Diocesano e o Seminário. E alguns edifícios antigos. Campanha é servida pelo ônibus Belo Horizonte-Campanha. Fica a vinte quilômetros de Cambuquira, por boa estrada.

CARAÇA

É o mais antigo colégio de Minas. Fundado por Frei Lourenço, no início do século XVIII. O Caraça fica numa serra de 1.900 metros de altitude. Vale a

23 . OURO PRETO

pena transcrever, aqui, a descrição que faz D. Silvério Gomes Pimenta do lugar onde se situa o Caraça: "Jaz o Santuário dentro de uma bacia, que pode ter uma légua, ou menos, de diâmetro, na maior extensão. Guarnecem-na grossas montanhas e tão empinadas, que ameaçam topetar o céu, cheias de penhascos, que, pela forma e pela irregularidade, compõem uma vista cheia de encantos. Povoam esta bacia matas de arvoredo corpulento e secular, intercaladas a espaços de belas campinas, onde as flores e boninas recreiam os olhos com a sua formosura e com sua fragrância regalam o olfato. Do alto das penedias se desprendem vários regatos, formando algumas catadupas de tanto primor, que excedem quanto podemos encarecer com palavras, e depois de pousarem pelo vale, vão engrossar ribeirões e dar nome a rios".

O edifício do Caraça é de construção sólida e antiga. Excelente biblioteca, obras raríssimas. Importante tela de Manuel da Costa Ataíde, o célebre pintor mineiro. Vai-se de automóvel até Barão de São Félix, via Sabará, Caeté e Barão de Cocais, e, de São Félix, toma-se a estrada para o Caraça, que fica distante 27 quilômetros.

CATAS ALTAS

Município de Santa Bárbara. MATRIZ DE N. S. DA CONCEIÇÃO: o altar-mor e uma imagem de Cristo Crucificado são de autoria do Aleijadinho. Belos pórticos e altares. IGREJA DE N. S. DO ROSÁRIO: altar-mor bonito, e na sacristia, liteiras e outros objetos de viagem de antigamente. Catas Altas fica a 17 quilômetros de automóvel, da cidade de Santa Bárbara.

CONCEIÇÃO DA BOA VISTA

Distrito do Município de Recreio, na Zona da Mata, e a cinco quilômetros desta cidade. Vale a pena ser visitada. Possui uma igreja secular e inúmeros sobradões. O aspecto é de uma localidade dos tempos antigos, e seus velhos prédios apresentam-se, ainda, sólidos. Não recebeu, até agora, nenhuma atenção das pessoas interessadas na arquitetura do período colonial. Vai-se pela estrada Rio-Bahia, de ônibus ou de automóvel, até o quilômetro 138; daí, toma-se a estrada para Recreio, que fica a 13 quilômetros e, desta cidade, vai-se a Conceição da Boa Vista em 30 minutos.

CONCEIÇÃO DO MATO DENTRO

Cidade de ricas tradições culturais. Belo Santuário do Senhor Bom Jesus. Sobrados velhíssimos. Monumentos. Em Conceição, morou Alphonsus de Guimaraens alguns anos, quando moço e logo depois de casado. Ali escreveu alguns de seus primeiros poemas.

Vai-se a Conceição do Mato Dentro de ônibus, em cinco horas e dez minutos de viagem. De automóvel: 179 quilômetros. Há hotéis.

GRÃO-MOGOL

Bela matriz, rico altar-mor. Prédios antigos. Ruas de calçamento de pedra-sabão. Digno de visita, o sobrado onde funciona a prefeitura. Vai-se a Grão-Mogol, via Montes Claros, da qual dista 155 quilômetros, de ônibus.

ITABIRA

Cidade tradicional. Velha irmandade de N. S. do Rosário. Notável igreja-matriz com ricos trabalhos de talha. Terra do poeta Carlos Drummond de Andrade, que a evoca em poemas admiráveis. Itabira fica, agora, a 127 quilômetros de Belo Horizonte, por estrada asfaltada. O ônibus faz a viagem em duas horas e quinze minutos. Há, ainda, o trem da Central, com baldeação para o da Vitória a Minas (CVRD), adiante de Nova Era. Prefira o ônibus, que é mais rápido.

MATOZINHOS

Alguns sobrados antigos e o templo do Senhor Bom Jesus. Destaca-se a casa onde morou Francisco Sales, presidente de Minas. Ônibus.

MINAS NOVAS

Belos templos e velhos edifícios. Todo o aspecto de uma cidade antiga. Há um sobradão que é um típico colonial. Vai-se a Minas Novas via Diamantina e Capelinha; ou de ônibus (Belo Horizonte-Almenara) até o entroncamento de Turmalina e, daí, a Minas Novas, de automóvel, com 47 quilômetros.

MORRO DO PILAR

Ainda possui algumas características de lugarejo antigo: casas, igrejinhas, etc. Mas merecem sua visita as ruínas do forno da primeira fábrica de ferro do Brasil, construída pelo Intendente Câmara. Manuel Ferreira da Câmara Bittencourt e Sá, o Intendente, autêntico pioneiro, fundou ali, a 5 de abril do ano de 1809, o primeiro alto-forno brasileiro, que durante vários anos forneceu barras de ferro fundido às indústrias diamantíferas e a diversas localidades do país. Morro do Pilar é, pois, o verdadeiro berço da siderurgia nacional. Essas ruínas devem ser conservadas pelo governo ou pelo Serviço do

PRANCHA 25

PRANCHA 26

PRANCHA 27

PRANCHA 28

PRANCHA 29

PRANCHA 30

PRANCHA 31

PRANCHA 32

Patrimônio, antes que desapareçam para sempre. Morro do Pilar é servido por vários ônibus que partem da Capital, e fica a 166 quilômetros de Belo Horizonte.

NAZARENO

Localidade próxima de São João del-Rei. Data dos primeiros tempos da Colônia. Possui edifícios com mais de duzentos anos e uma bonita igreja matriz com altar-mor de talha dourada. Nazareno é cidade servida por uma linha de ônibus, que a liga a São João del-Rei.

OURO BRANCO

Eis uma cidade que não pode ser esquecida no seu roteiro. Ouro Branco conserva interessantes exemplos de arquitetura colonial. Existe uma igreja matriz, que é das mais importantes de Minas. Construção de 1779, apresenta notáveis trabalhos de talha dourada e um altar monumental. Há, ainda, um casarão de 1759, puro estilo do século dezoito. Outros sobrados e várias ruínas de velhas edificações. A Igreja de Santo Antônio é realmente bela. Observe o velho chafariz na praça. É secular. Ouro Branco é uma cidade ligada historicamente a Ouro Preto. De Belo Horizonte a Ouro Branco, vai-se de automóvel até o quilômetro 86 da BR-040 (localidade de Gagé) e, daí, mais 25 quilômetros até a cidade. De ônibus, vai-se diretamente, partindo da Estação Rodoviária, na Capital. Há um hotel na cidade.

PARACATU

Terra de tradições culturais e de vultos eminentes nas letras e nas ciências, Paracatu conserva as marcas de uma cidade nobre, de costumes aristocráticos. Tem muita coisa para ser vista: os velhos sobrados, as igrejas, os hábitos de seu povo, o famoso Jóquei Clube, com suas corridas animadas e que datam de longos anos, dando uma nota de distinção à sociedade paracatuense, que é realmente polida e culta. Em Paracatu, você pode observar fatos curiosos, que a distinguem de outras cidades mineiras. Toda a gente conversa bem, recebe bem. Paracatu fabrica duas cachaças, sem igual no Brasil: a Creolinha e a Paracatulina. Verdadeiro uísque nacional. E afamadas. Há, em Paracatu, bons hotéis e restaurantes. Estava um pouco esquecida mas, hoje, dadas às facilidades em atingi-la, é muito visitada por turistas.

Paracatu está situada às margens da estrada para Brasília, no quilômetro 516, a contar de Belo Horizonte. Há várias linhas de ônibus, partindo da capital mineira e do Rio.

PASSAGEM DE MARIANA

Um chafariz e uma notável igreja matriz, estilo barroco, construção de 1740. Há ônibus que a ligam a Belo Horizonte.

JUIZ DE FORA

Em Juiz de Fora, visite o Museu Mariano Procópio, localizado em antiga residência, em meio a um belíssimo parque. Possui ricas coleções de objetos e documentos sobre a vida brasileira no Segundo Império, as quais podem ser consideradas as mais importantes do Brasil.

O Museu é dividido em inúmeras salas, destacando-se a SALA TIRADENTES, com o famoso quadro de Pedro Américo, apresentando o esquartejamento do Mártir, e o lampadário de prata da igreja da Lampadosa; a SALA VISCONDESSA DE CAVALCANTI, com um quadro de Fragonard, uma estatueta de Tanagra, autêntica, um bronze de Mercier e uma coleção de miniaturas, riquíssima; SALA MARIA PARDOS, com os quadros dessa pintora e preciosas joias e alfaias; SALA AGASSIZ, coleções científicas; a SALA DOS AUTÓGRAFOS; a SALA D. PEDRO II, com louçaria e indumentárias; a SALA DA CULTURA e a GALERIA MARIA AMÁLIA, com trabalhos de grandes mestres brasileiros e estrangeiros.

SANTOS DUMONT

Próximo da antiga cidade de Palmira, organizou-se o Museu Santos Dumont, no Sítio do Cabangu, onde nasceu o genial inventor. Tudo o que se relaciona com a vida de Alberto Santos Dumont ali está exposto, num trabalho de paciente pesquisa. Objetos que lhe pertenceram, documentos, cartas, fotografias, lembranças de sua infância no Sítio. A casa conserva o aspecto dos primeiros tempos e fica em meio a um bosque: à margem da Central do Brasil, na estação de Cabangu.

VIÇOSA

Há tempos, a terra natal do Presidente Artur Bernardes tomou a iniciativa de transformar em Museu a casa onde morou o estadista. Foi, então, organizada uma coleção de documentos e objetos pertencentes ao ilustre viçosense, bem como conservaram-se nos seus lugares os móveis da casa, os quais foram doados ao Museu pelos membros da família. Vale a pena visitá-lo, para conhecer melhor a existência e os hábitos do homem que foi presidente de Minas e do Brasil. O Museu fica na Praça da Matriz, em Viçosa, e pode ser visitado pelo público.

LAMIM

Napoleão Reis foi um ilustre diplomata, que representou o Brasil, durante muitos anos, nos países orientais. De volta, doou à localidade de Lamim, sua terra natal, uma biblioteca de obras raríssimas, contando 15.000 volumes. Incluem-se, ainda, alguns objetos de arte.

A Biblioteca Napoleão Reis necessita de amparo imediato dos poderes públicos. Encontra-se entregue aos cuidados de particulares, mas em condições precaríssimas de conservação. E é uma preciosidade pelas coleções de arte gráfica e pelas raridades bibliográficas.

Lamim é uma vila pertencente ao Município de Rio Espera, a 9 quilômetros da sede. Para atingi-la, toma-se um ônibus até Conselheiro Lafaiete; daí, outro ônibus até Rio Espera, que fica a 59 quilômetros, e, desta, a Lamim, de automóvel.

PIRANGA

Cidade ligada à evolução de Minas. Existem alguns sobrados antigos e urna igreja, a Matriz, construída em 1718. Velhíssima, portanto. Puro estilo jesuítico. Vai-se a Piranga, de ônibus, partindo da Estação Rodoviária, em Belo Horizonte.

PITANGUI

Palco de acontecimentos da época dos primeiros povoadores. Apresenta, ainda, muitos aspectos de uma cidade colonial. Destaca-se um interessante chafariz, construído em 1730. Pitangui é ligada a Belo Horizonte por ônibus direto.

RAPOSOS

Velha localidade. Fundada pelos desbravadores. Várias casas bicentenárias. Raposos possui urna igreja, que é considerada a mais antiga de Minas: a IGREJA DE NOSSA SENHORA DA CONCEIÇÃO, de construção iniciada em 1704. Suas imagens e os altares datam dos primeiros tempos da Capitania.

A cidade de Raposos é próxima de Belo Horizonte, distante 29 quilômetros de ônibus, linha diária.

SANTA BÁRBARA

Vale a pena uma visita a Santa Bárbara, pois, de lá você pode ainda atingir Catas Altas e o Caraça. Santa Bárbara conserva muitos aspectos do passado.

A Matriz é uma obra-prima do barroco. Altares de talha dourada e pinturas de Manuel da Costa Ataíde. Há, também, a casa onde nasceu o Presidente Afonso Pena, e um hotel, cujo edifício foi construído em fins do século XIX: o Hotel Quadrado. Há uma linha de ônibus direta, que liga Belo Horizonte a Santa Bárbara. Três horas de viagem.

SANTA RITA DURÃO

Distrito de Mariana, a trinta quilômetros da sede. Antigo Arraial do Inficionado. Matriz notável, cuja construção foi iniciada nos primeiros anos do século XVIII. Altar de autoria do Aleijadinho e o teto pintado por Manuel da Costa Ataíde.

SÃO BRÁS DO SUAÇUÍ

Velho arraial, hoje cidade. Festas e costumes tradicionais. Fisionomia das velhas localidades mineiras. Possui uma igreja construída nos tempos do Brasil-Colônia. Ônibus partindo de Belo Horizonte, direto.

SÃO GONÇALO DO SAPUCAÍ

Eis uma cidade que não deve faltar no seu roteiro. Obrigatória a visita, pelos que se interessam por lugares históricos.

O antigo Arraial de São Gonçalo da Campanha apresenta aspectos curiosos de um período de esplendor, quando as suas minas produziam e enriqueciam os exploradores da época.

Uma figura domina o passado e presente da cidade: Bárbara Heliodora, a heroína da Inconfidência. Há lembranças de sua vida em documentos, lendas e fatos de tradição oral. Aquela história de Bárbara louca, desgrenhada, caminhando pelas ruas de São Gonçalo, cabelos em desalinho, pronunciando palavras desconexas, é pura balela. Invencionice do mais mentiroso dos nossos historiadores: o tal de J. Norberto de Souza e Silva. Esse narrador sem escrúpulos pintou o fim dos dias de Bárbara com as tintas de um romantismo doentio. Não aconteceu nada disso. Bárbara terminou os seus dias, rodeada da estima dos seus conterrâneos, piedosa, lúcida, calma. Morreu tísica. Quase não saía de casa. Faleceu aos 22 de maio de 1819 e foi sepultada no dia 24. Assim o certifica o atestado de óbito, extraído do livro 5, do obituário do Curato de Campanha: "Aos vinte e quatro dias de maio de mil oitocentos e dezenove, falecendo héctica Dona Bárbara Heliodora Guilhermina da Silveira, de idade de sessenta anos, com todos os sacramentos, levada à sepultura pelo seu reverendo Vigário e mais oito sacerdotes, que lhe disseram missa de corpo presente e fizeram ofício de nove lições e, envolta em hábito do Carmo, foi sepultada das grades para cima e pagou tudo o seu tutor. O Vigário, José de Souza Lima".

Visite, em São Gonçalo do Sapucaí, o túmulo de Bárbara na Igreja Matriz, os casarões de seu tempo, a "Gruta dos Inconfidentes", na Fazenda Santa Rita, antiga propriedade de Alvarenga Peixoto e que, segundo a tradição, era o lugar das confabulações dos conjurados, e as "Catas", seculares escavações de mineração, nos arredores da cidade.

Como se vai a São Gonçalo do Sapucaí: De Belo Horizonte: Há ônibus direto. De São Paulo: tomar o ônibus São Paulo-Belo Horizonte, descer no quilômetro 243 (a contar de São Paulo) e seguir para São Gonçalo a três quilômetros. Do Rio: ganhar São Paulo ou Belo Horizonte e fazer o dito trajeto.

SERRO

Cidade natal de vultos notáveis das letras, da política e da cultura jurídica do país. Tudo lembra o passado: ruas, casas, templos e costumes. Uma cidade típica da velha Minas. A viagem é feita pelo ônibus que liga diretamente Serro a Belo Horizonte.

SUMIDOURO

Povoado pertencente ao Município de Pedro Leopoldo. Digno da visita dos estudiosos e turistas. Arraial decadente, com suas construções velhíssimas e curiosas, datando, segundo alguns, dos primeiros tempos das Minas Gerais. Sumidouro é apontado por muitos historiadores como o lugar onde morreu Fernão Dias, ao fim de sua jornada, em busca da Vapabuçu e das Esmeraldas. O arraial fica a 15 quilômetros de Pedro Leopoldo, entre esta cidade e Lagoa Santa. Boa estrada de rodagem.

OUTRAS LOCALIDADES QUE POSSUEM MONUMENTOS E OBJETOS DE INTERESSE HISTÓRICO

BARBACENA — Casas da antiga Fazenda da Bela Vista, estilo colonial. A cidade possui vários prédios seculares e suas igrejas são belas, ricas decorações e suntuosos altares. Bons hotéis, ótimos passeios, clima excelente.

BELO VALE — Curiosa Igreja de Santana, do século XVII.

BRUMAL — Distrito de Santa Bárbara. Capela de madeira, curiosíssima, muito antiga.

CALDAS — Na Matriz existe uma tela do pintor sueco Westim, intitulada "Anunciação da Virgem", valioso quadro original, do século XVIII.

CAMARGOS — Distrito de Mariana. Matriz construída em 1733.

CÁSSIA — Capela edificada em 1755.

ESMERALDAS — Imagem de Santa Quitéria, trazida pelos fundadores portugueses. Está na matriz. Há, ainda, a Fazenda da Vereda, a 25 km, e a Fazenda Santo Antônio, a 5 km, com sobradões, senzalas e instrumentos de suplício do tempo da escravidão.

FELIXLÂNDIA — Na matriz existe uma imagem de Nossa Senhora que é atribuída ao Aleijadinho. O certo é que o trabalho é muito antigo e artístico.

FERROS — Bela imagem de Santana, do século XVIII, trabalho que se supõe de autoria de Antônio Francisco Lisboa.

GUARACIABA — Matriz centenária.

LAGOA DOURADA — Casa onde nasceu o Marquês de Valença.

LAGOA SANTA — Túmulo do célebre Dr. Lund.

LEOPOLDINA — Casa onde se hospedou D. Pedro II. Visite, no cemitério local, o túmulo do poeta Augusto dos Anjos.

LIBERDADE — Preciosa imagem de Cristo, feita de madeira.

LOBO LEITE — Distrito de Congonhas, a 14 km desta cidade. Existe ali uma igreja, a de Nossa Senhora da Soledade, que se supõe mais antiga que as igrejas de Congonhas.

MANGA — Lagoa dos 50, na fazenda que pertenceu ao famoso Manuel Nunes Vieira, o da Guerra dos Emboabas.

OLIVEIRA FORTES — Sobradões dos tempos da Capitania.

RESENDE COSTA — Casa do Inconfidente José Resende Costa Filho.

SANTO ANTÔNIO DO MONTE — Obras de talha dourada no altar-mor da Matriz.

TOLEDO — Igreja-Matriz, construída há duzentos anos, com belíssima decoração interna.

A ESTÂNCIAS BALNEÁRIAS

No verão, os visitantes das Cidades Balneárias ficam à disposição dos hoteleiros e das empresas.

São orientados, dirigidos por eles. Nos meses de inverno, ao contrário, os turistas são os donos das estâncias. Mandam, escolhem, têm um tratamento especial. É que, no verão, as cidades das fontes minerais regurgitam de multidões ávidas de prazer. São bicicletas, bolas vermelhas, shorts azuis, óculos verdes, dando um colorido especial à paisagem humana. Hoje com o Circuito das Águas do Sul de Minas, é fácil ir e vir entre a maioria delas por estradas que nada deixam a desejar. O Circuito das Águas fica numa das regiões mais bonitas do país. Os dias são ensolarados, as noites frescas. O clima é seco e ameno. São as estâncias hidrominerais mais famosas do Brasil. São Lourenço às margens do Rio Verde é uma cidade bonita. Caxambu foi a preferida da Princesa Isabel e próximo a ela fica Baependi, cidade histórica, com suas incríveis histórias de mistério ligadas a São Tomé das Letras. Cambuquira é tranquila e Lambari tem seu lindo cassino e seu bosque com sete cascatas.

24 . OURO PRETO

BALNEÁRIOS

POÇOS DE CALDAS

Poços de Caldas é privilegiada. A maior cidade balneária do país. Tornou-se conhecida em todo o mundo pelo poder curativo de suas águas e o conforto que oferece aos turistas.

Fica situada no sul de Minas, mas parece uma cidade paulista. Os capitalistas de São Paulo buscam Poços, continuamente. Vão, como pequenos senhores do império do bem-estar, e tomam a estância, com a longa comitiva de convidados, de familiares e de serviçais. Descansam de não fazer nada. Espalham muito dinheiro, como geralmente fazem os milionários paulistas. São quase perdulários, gastam bem, ao contrário dos capitalistas mineiros, que, com honrosas exceções, só buscam as estâncias para tratamento. Não são turistas, são curistas.

Aliás, é bom acentuar a importância da carreação de dinheiro, dos cariocas e paulistas, para o Sul de Minas. A contribuição de São Paulo e do Rio de Janeiro é grande. Compram tudo: cereais, doces de frutas, águas engarrafadas.

Poços de Caldas é ótimo lugar para aqueles que aspiram entrar para o mundo dos negócios. Os contatos são facilitados pelas apresentações nos hotéis, pelo desejo de conversar e encher o tempo. Um grande passeio é Poços de Caldas. Inesquecível.

ATRAÇÕES: A Cascata das Antas, o Bairro do Quisisana, a Pedra-Balão, o Alto da Serra, a Basílica de N. Sra. da Saúde, a Praça de Esportes, o Country Clube, a Fonte dos Amores e vários cinemas e boates.

HOTÉIS: Os melhores são: o Palace Hotel, o Quisisana Hotel, o Minas Gerais, e o Alvorada Hotel. Há bons hotéis, entre os quais se destacam: Grande Hotel, Esplêndido, Floresta, Parque, Rex, Lafaiete, Reis, Presidente, Imperador, América, Balneário, Joia, Continental, Fantozzi, Gambrinus, Guanabara, Aurora e muitos outros, formando a melhor rede hoteleira do Estado.

25 . OURO PRETO

TRATAMENTO — Águas sulfurosas. INDICAÇÕES TERAPÊUTICAS: Por via oral: afecções hepáticas, azia, distúrbios gástricos, cólicas espasmódicas, disenterias amebianas e bacilares, e estados anafiláticos de origem alimentar. EM BANHOS: reumatismo articular, muscular e nevrálgico, afecções cutâneas, bronquites, enterocolites, gota e obesidade, linfatismo, escrofulose, afecções urinárias, artrites e nevrites, afecções uterinas, diatesi exsudativa, raquitismo das crianças; coadjuvante no tratamento da sífilis. EM INALAÇÕES OU PULVERIZAÇÕES: afecções da faringe e da nasofaringe, rinites, irites, queratites, parenquimatosas e corioretinites. MECANOTERAPIA: prisão de ventre, anemias, dispepsias, obesidade, gota, afecções nervosas, algumas formas de reumatismo crônico e deficiências do aparelho respiratório. As propriedades terapêuticas acima enumeradas pertencem à fonte "Pedro Botelho" e a todas as demais, com exceção da fonte "Quisisana", cujas águas são indicadas no tratamento de anemias, males da gravidez, aleitamento, helmintíases, convalescenças, dispepsias atônicas, clorose e colite.

COMO SE VAI A POÇOS DE CALDAS — A partir de Belo Horizonte: de ônibus, direto, em oito horas e cinquenta minutos de viagem. Do Rio de Janeiro: de ônibus, direto, via BR-116. De São Paulo: de ônibus direto. Está no "Circuito das Águas".

SÃO LOURENÇO

Os cariocas e os paulistas gostam de São Lourenço. Os mineiros também. A estância é agradável, há inúmeros passeios, o ambiente é tranquilo.

Uma estância para as famílias de posses, mas onde a classe média domina. Muitas crianças. As famílias vão completas: os meninos, as moças, os pais, os avós, até os rapazes. Casais de namorados sob as árvores. Jogos de bola, patinetes, passeios no lago.

ATRAÇÕES: O Parque das Águas, arborizado e ajardinado, o lago, a Ilha dos Amores, os barquinhos a pedal, a pista de patinação, o parque infantil e os campos de esportes. Passeios nos arredores: Chácaras Ramon e da Cascata e as fazendas Jardim e Abençoada. Há três cinemas e uma biblioteca pública. A nove quilômetros, fica a cidade de Carmo de Minas.

HOTÉIS: Destacam-se, entre os seus quarenta e seis estabelecimentos, os hotéis: Brasil, Primus, Metrópole, Negreiros, Sul América, Ramon, Pálace e Grande Hotel. Outros bons hotéis: Universal, Londres, Aliança, Avenida, Bela Vista, Miranda, Normando, Monte, Azul e Real.

TRATAMENTO. - Águas carbogasosas. INDICAÇÕES TERAPÊUTICAS:

FONTE ORIENTE (gasosa): Insuficiências hepáticas, engurgitamento do fígado, diabetes, dispepsias por hipostenias, anorexia, nefrites, litíases, anemias, artritismo e convalescenças de moléstias infecciosas. FONTE ANDRADE FIGUEIRA: As mesmas indicações da Fonte Oriente. FONTE VICHY: Água acidulada ferruginosa com ligeiro odor sulfurado. Arteriosclerose, angina pectoris, hipertensão arterial, desordens cardiovasculares da menopausa, insuficiência cardíaca, neurastenia, nefrites, mielites, poliomielites, tabes incipiente e azias. FONTE FERRUGINOSA: Água acídulo-ferruginosa. Anorexia, clorose, astenia e anemia. FONTE NOVA ALCALINA: Água acidulada com leve odor sulfurado. Diurética. Atonia gástrica. Neutralizante. FONTE JAYME SOTTOMAIOR: Sulfurosa. Indicada para o tratamento das diabetes, constipações crônicas e colites. BANHOS: Indicados para hipertensão arterial, síndromes hipertensivas e afecções de natureza cardíaca ou cardiovascular. Duchas e massagens.

COMO SE VAI A SÃO LOURENÇO - De Belo Horizonte: de ônibus Belo Horizonte-Caxambu-São Lourenço, 422 quilômetros, 7,30 horas de viagem. Do Rio: de ônibus, direto, via BR-116. De São Paulo: de ônibus direto.

CAXAMBU

É a estância preferida pelos cariocas. Há, entretanto, muitos paulistas e mineiros. As famílias buscam Caxambu, por duas razões: é uma tradição, que vem de pais e avós; segundo: não é tão cosmopolita como Poços e São Lourenço.

Caxambu é de intimidades. Os veranistas visitam-se, conversam tardes inteiras. Andam sempre em grupos, alvoroçados, alegres como passarinhos em árvore nova carregada de frutos.

O apetite aumenta em Caxambu. Você come por dois, e a hora da refeição é aguardada com impaciência.

Os hotéis dividem-se em: de luxo e de primeira categoria. E fácil escolher.

Você gostará de Caxambu. E do poder curativo de suas águas.

ATRAÇÕES: Parque das Águas, com 11 fontes, piscinas, patinação, tênis e "play-ground". Cinemas. Passeios à Represa Nova, Lagoa Santo Antônio, Morro do Caxambu, Represa do Jacaré e Chácara das Uvas. A cidade de Baependi, com belíssimo templo, fica a 6 km de ônibus.

TRATAMENTO. - Águas carbogasosas. INDICAÇÕES TERAPÊUTICAS:
FONTE DOM PEDRO: Diurética. Ação solvente de substâncias de fácil

precipitação nos humores. Artritismo, angiocolites, litíase renal e hepática, hidropsia, hiperastenia gástrica, gota, vias urinárias, colecistites, osteomielite, gastrodispepsias espasmódicas, enterocolites e convalescenças de moléstias infecciosas. FONTE DUQUE DE SAXE: Diurética. Ativadora da eliminação do ácido úrico. Uso interno: reumatismo crônico, obesidade, diabetes, dispepsias hipoácidas, insuficiências hepáticas, diáteses úrica e oxálica, hipouricemias. Uso externo: reumatismo, paralisias, escrofuloses, anemias, sífilis...

FONTE BELEZA: Diurética, indicada nas afecções da pele e gastropatias. FONTE CONDE D'EU: Diurética e tônica. Gastropatias com anemias secudárias FONTE D. ISABEL: Diurética e tônica. FONTE LEOPOLDINA: as mesmas indicações da Fonte Duque de Saxe. FONTE VENÂNCIO: É usada somente em banhos carbogasosos. FONTE MAIRINK I, II e III: as mesmas indicações da Fonte Dom Pedro. FONTE VIOTTI: idem.

COMO SE VAI A CAXAMBU: - De Belo Horizonte: de ônibus, direto, em 8 horas e 45 minutos de viagem. Do Rio: de ônibus, direto, via BR-116, até o quilômetro 215, de onde parte estrada asfaltada, passando por Itamonte e Pouso Alto. De São Paulo: de ônibus direto.

HOTÉIS: Glória, Grande Hotel, Caxambu, Palace, Bragança, Lopes, Marques, São José, Jardim e Líder.

CAMBUQUIRA

Uma estância simpática e acolhedora. Procurada pelos que gostam de refúgio nos ambientes calmos, nos parques, onde aposentados cochilam... Os hoteleiros são amáveis. Perguntam se estamos gostando do passeio, aconselham as águas do Marimbeiro e dizem que chegaram ali quase mortos e, hoje, são aquilo: gordos, sadios.

Uma cidade muito procurada pelos noivos em lua-de-mel. Vários parques discretos, muitos passarinhos, as charretes, os cavalinhos de aluguel. Você gostará de Cambuquira. Pode ir lá para descansar. Voltará outro.

ATRAÇÕES: Parque das Fontes, com alamedas, Praça de Esportes com piscinas, quadras de tênis, bola ao cesto, patinação, parque infantil, o Recanto dos Amores, a 3 km e a Gruta do Coimbra, a 18 km. Cinemas, boates.

TRATAMENTO - Águas carbogasosas. INDICAÇÕES TERAPÊUTICAS: FONTE REGINA WERNECK: Bicarbonatada mista, águas indicadas nas hipostenias gástricas e nas síndromes inflamatórias das vias biliares, nas calculoses renais e em todos os processos patogênicos que necessitam cura por diurese provocada. FONTE COMENDADOR FERREIRA (Chamada Magnesiana): as mesmas indicações da Fonte Regina Werneck. FONTE FERNANDES PINHEIRO (Chamada Férrea): anemias, cloroses, linfatismo, nos casos de astenias e convalescenças de doenças agudas. FONTE SOUZA LIMA (Chamada Sulfurosa): processos inflamatórios e nas fermentações do tubo digestivo. FONTES DO MARIMBEIRO: indicadas no tratamento das colites crônicas e dos processos inflamatórios das vias biliares.

COMO SE VAI A CAMBUQUIRA — De Belo Horizonte: de ônibus Belo Horizonte-Cambuquira, em 7 horas e 30 minutos de viagem. Do Rio: de ônibus (direto ou via Caxambu). De São Paulo: de ônibus São Paulo-Belo Horizonte até Três Corações e, daí, mais 21 km de ônibus até Cambuquira.

HOTÉIS: Grande Hotel Empresa, Hotel Cambuquira, Grande Hotel Brasília e Globo.

LAMBARI

Lambari é a estância cartão-postal. Bonitinha, rodeando o grande lago e emoldurada de montanhas. É a mais modesta das cinco irmãs do Sul de Minas, mas não fica em plano inferior. Iguala-se a elas, nas atrações e no poder curativo de suas águas. O que fazia Lambari a esquecida era a falta de vias de acesso, ou melhor, boas estradas e a ligação com as outras estâncias. Ficava isolada. Agora, não. Vai-se a Lambari, pelo "Circuito das Águas", com muita comodidade.

Você vai a Lambari, gostará, voltará um dia.

ATRAÇÕES: Parque das Águas, Volta do Lago, no centro da cidade, Ilha dos Amores, no meio do lago, Cascata do Horto Florestal a 6 km, Toca da Onça a 12 km, Alto do Cruzeiro a 1 km, Ponta do Itaici a 12 km e a Bica de Pedra. Há 2 cinemas. Passeios de charrete.

TRATAMENTO — Águas carbogasosas. INDICAÇÕES TERAPÊUTICAS: FONTE nº 1: Água incolor, gasosa, radioativa, indicada no tratamento de distúrbios alimentares, intoxicações, intestinais e medicamentosas, eczemas alimentares, gastropatias, dispepsias, eczemas antigos de origens diversas, moléstias do fígado e dos rins, hepatites crônicas, colecistites, cistites, litíases renais, afecções reumáticas, gota, nefrites, urticárias, etc.

FONTES n°s 2 e 3: indicações idênticas às da FONTE n° 1. FONTE n° 4: água incolor, puríssima, usada como água de mesa. FONTE n° 5: água usada nos banhos carbogasosos. FONTE n° 6: ligeiramente ferruginosa. FONTE n° 7: acentuadamente ferruginosa.

COMO SE VAI A LAMBARI - De Belo Horizonte: de ônibus Belo Horizonte-Lambari. Do Rio: de ônibus até Caxambu e, desta, a Lambari. De São Paulo: de ônibus São Paulo-Belo Horizonte até Três Corações e desta, de ônibus, até Lambari.

HOTÉIS: Rosário, Resende, Parque, Bibiano, Pálace, Ideal e Glória.

ARAXÁ

Ela está longe das suas irmãs do Sul de Minas. Situada no Triângulo, região famosa pelo seu gado, seu arroz, suas fazendas imensas, mas sem nenhuma tradição como produtora de águas minerais. Suas estâncias são outras. Mas Araxá e Serra Negra do Patrocínio despertaram a atenção dos turistas para o Oeste e o Triângulo.

Araxá é a preferida pelos mineiros. Não quero dizer que paulistas, cariocas ou estrangeiros não procuram a estância triangulina. Procuram, e muito. A maioria, entretanto, é formada de mineiros. Capitalistas, industriais, comerciantes, comerciários, professores, todo mineiro vai a Araxá descansar, beber água, banhar-se.

Araxá é aprazível. Isso mesmo. Amena, envolvente. Férias boas da classe média.

As reuniões dos turistas em Araxá são como saraus mineiros. Cantam, tocam violão, conversam, são todos amigos. E dançam. E como dançam! Todas as noites.

Você não perde, escolhendo Araxá. Lá você encontrará o compadre para uma prosa, e o político para uns debates. (Esquecíamos de dizer que Araxá recebe mais políticos que as outras estâncias). Araxá é de parentesco e amizades. Fazem-se amigos facilmente.

ATRAÇÕES: As Termas, a Cascatinha, a 500 metros do Grande Hotel, a Igreja de São Sebastião, repositório de arte, a Gruta do Monge, a 10 km e vários cinemas.

TRATAMENTO — Águas sulfurosas. INDICAÇÕES TERAPÊUTICAS: FONTE ANDRADE JÚNIOR: Carbonatada, sódica, sulfurosa-sódica, alcalina, termal radioativa. É o principal elemento de cura da estância. Usada via oral ou em banhos de imersão. Indicada no tratamento das

diabetes, colites, moléstias do fígado, das vias biliares, da pele e alérgicas.
FONTE DONA BEJA: Bicarbonatada, cálcica e magnesiana, fria, radioativa. Indicada no tratamento das nefrites, albuminúrias, cistites e insuficiências renais.

Além das fontes citadas, contam-se, ainda, a LAMA MINERAL, organomineral e radioativa, utilizada, uso externo, nas doenças reumáticas, na artrite reumática subcrônica e nas manchas da pele; e o SAL MINERAL, obtido pela evaporação natural das águas sulfurosas e que possui ação depressora sobre as hipergliconias e na eliminação do ácido úrico. A estância conta, ainda, com o hospital de clínica experimental, balneário, enfermarias, consultórios para exames gratuitos, cozinha dietética, raios X e piscina emanatória em recinto fechado.

COMO SE VAI A ARAXÁ - De Belo Horizonte: de ônibus, direto, em 6 horas de viagem. Do Rio: Via Belo Horizonte. De São Paulo: Via Belo Horizonte ou, de automóvel, via Uberaba, ou pela estrada Franca-Araxá.

HOTÉIS: Grande Hotel, Hotel da Previdência, Hotel Colombo e Hotel Imbiara.

POCINHOS DO RIO VERDE
Localidade do sul de Minas, no Município de Caldas, com uma altitude de 1.062 metros.

ATRAÇÕES: Passeios pelos bosques e montanhas, a Pedra Branca, com deslumbrante panorama, e a Gruta da Pedra Branca.

TRATAMENTO - Águas sulfurosas. INDICAÇÕES TERAPÊUTICAS:

FONTE RIO VERDE: É uma água azulada, transparente, com ligeiro odor e sabor de gás sulfídrico e gosto alcalino, indicada no tratamento de colites, protozoários (amebíase intestinal, lamblíase, etc.), disenterias bacilares, colites de natureza digestiva, perturbações funcionais de ordem secretora e neuromotora, colindicinesias, enterocolites e colopatias específicas, prisão de ventre e dispepsias fermentativas. As Fontes SAMARITANA, SÃO JOSÉ, AMOROSA e LULUCE têm a mesma propriedade da Fonte Rio Verde.

COMO SE VAI A POCINHOS - De Belo Horizonte: de ônibus até Poços de Caldas e, desta, a Pocinhos, de ônibus, em 1 hora. Do Rio e São Paulo: Via Poços de Caldas.

HOTÉIS: Hotel Balneário, Hotel Rio Verde e, o melhor, o Hotel Pocinhos do Rio Verde, com o alto conforto dos melhores hotéis e com assistência médica.

PASSA QUATRO

Boa cidade do sul de Minas, com 915 metros de altitude e um excelente clima serrano. Fica nos contrafortes da Mantiqueira. Possui a melhor água potável do Brasil, além de suas águas minerais afamadas.

ATRAÇÕES: O Parque das Águas, a Ilha dos Amores a 11 km, a Chácara do Fortunato a 2 km, a Fazenda dos Manacás a 6 km, os Picos da Gomera, do Muro e do Itaguaré, o Parque Infantil, o Instituto do Pinho, a Represa da Usina e outros passeios.

TRATAMENTO — INDICAÇÕES TERAPÊUTICAS: FONTE TÓRIO (Mina do Padre): Pielites, cistites, litíase renal, colites crônicas, insuficiências endócrinas, perturbações gerais metabólicas, anemias, clorose, afecções leucêmicas, hipertensões, etc... É uma água límpida, inodora, de sabor agradável, e com elementos provenientes da desintegração do tório.

OUTRAS FONTES: Em geral, com as mesmas propriedades da Fonte Tório.

HOTÉIS: Há bons hotéis na cidade.

COMO SE VAI A PASSA QUATRO — De Belo Horizonte: De ônibus direto. Do Rio: De ônibus do Rio a Cruzeiro e de ônibus de Cruzeiro a Passa Quatro, em 1 hora e 30 minutos. De São Paulo: De ônibus até Engenheiro Passos, na BR-116, e de ônibus daí a Passa Quatro.

TERMÓPOLIS

Localidade do sul de Minas, no Município de São Sebastião do Paraíso, com a altitude de 900 metros.

ATRAÇÕES: Bosques, cascatas, grutas e belos panoramas.

ÁGUAS fortemente radioativas.

INDICAÇÕES TERAPÊUTICAS: Indicadas nas afecções do estômago, do fígado e das vias urinárias.

COMO SE VAI A TERMÓPOLIS - De Belo Horizonte: Vai-se de ônibus até Passos (6 horas e 45 minutos) e de ônibus de Passos a Termópolis (64 km - 1 h e 40 m). Do Rio: Via Belo Horizonte: De São Paulo: Pelo ônibus São Paulo-Passos.

HOTEL: Hotel Termópolis, confortável.

MONTEZUMA

Montezuma, antiga Águas Quentes, é uma localidade do norte de Minas, no Município de Rio Pardo de Minas. Altitude: 900 metros.

O lugar merece melhor atenção dos poderes públicos. As acomodações são modestas, a vila não possui vias de comunicação fáceis. Falta realmente conforto aos veranistas. As águas têm alto poder curativo; entretanto, os meios de captação, para ingestão e banhos, são ainda primitivos. Com a atenção dos governos estadual e federal, Montezuma poderá tornar-se uma das mais importantes estações de cura do país. A estância é acessível aos habitantes do sul da Bahia.

ÁGUAS acentuadamente radioativas, alta temperatura. INDICAÇÕES TERAPÊUTICAS: Em banhos: Reumatismo articular, muscular e nevrálgico, afecções cutâneas, gota, dermatoses, artrites e nevrites, raquitismo das crianças. Via oral: Afecções hepáticas, distúrbios gástricos e disenterias. Existem 2 fontes principais: Do Félix ou Poço Antigo e a da Praia do Lodo.

COMO SE VAI A MONTEZUMA - De Belo Horizonte: Vai-se até Montes Claros, daí a Rio Pardo de Minas e, desta, a Montezuma em 2 horas e meia.

SERRA NEGRA (PATROCÍNIO)

Localidade do oeste de Minas, no município de Patrocínio, com a altitude de 950 metros.

ATRAÇÕES: Bosques, cascatas, passeios de charrete e a cavalo, e visita à cidade de Patrocínio, a 31 quilômetros.

ÁGUAS sulfurogasosas, alcalinas. INDICAÇÕES TERAPÊUTICAS: Fontes São Silvestre e Serra Negra. Indicadas nos males do aparelho digestivo e urinário, colite, insuficiência hepática, colicistite, pielite, cistite, litíase renal, e, em geral, em todas as moléstias que necessitam de tratamento diurético.

Hotel de veraneio.

COMO SE VAI A SERRA NEGRA, DE PATROCÍNIO - De Belo Horizonte: Pelo ônibus de Belo Horizonte a Patrocínio (483 km — 11 horas) e de ônibus de Patrocínio a Serra Negra (31 km — 1 hora). Do Rio ou de São Paulo: Via Belo Horizonte.

JACUTINGA

Cidade do sul de Minas, com 830 metros de altitude, e que, agora, vem se revelando uma estância balneária de boa afluência de veranistas.

ATRAÇÕES: Parque das Águas, passeios nos arredores, três cinemas.

HOTÉIS: Há bons estabelecimentos.

TRATAMENTO — Águas sulfurogasosas.

INDICAÇÕES TERAPÊUTICAS: Insuficiência hepática, litíase biliar, doenças do metabolismo, males do aparelho digestivo, cistite, colite, dístese úrica, moléstias do aparelho urinário.

COMO SE VAI A JACUTINGA — De Belo Horizonte: De ônibus, de Belo Horizonte a Pouso Alegre (400 km — 7 horas e 30 minutos) e de ônibus, de Pouso Alegre a Jacutinga (90 km — 3 horas). De São Paulo: de ônibus São Paulo-Pouso Alegre, de São Paulo a Jacutinga. Do Rio: Via Poços de Caldas.

OUTRAS FONTES TERMAIS

ALPINÓPOLIS — Chamadas "águas virtuosas da Ventania". Magnesiana.

BAEPENDI — Uma fonte de água sulfurosa, muito visitada.

BUENÓPOLIS — No distrito de Curumataí, águas carbogasosas, na fonte conhecida por Águas Quentes. Indicadas nas moléstias do estômago e do fígado.

CARANGOLA — Situadas em Fervedouro, a 600 metros de altitude, águas bicarbonatadas, alcalino-gasosas, com as três fontes: Santo Henrique, Biquinha e Santa Bárbara.

CONTENDAS — No Município de Conceição do Rio Verde, a 8 km da cidade. Já teve grande afluência de turistas mas, devido à falta de hotéis,

26 . IGREJA NOSSA SENHORA DO CARMO, SABARÁ

vai diminuindo o afluxo de visitantes. As águas de Contendas têm todos os caracteres das de Caxambu.

DIVINO DE UBÁ — Fonte termal, alcalino-gasosa, denominada "Águas Santas".

EUGENÓPOLIS — Estância balneária Nova Grécia, na localidade de Murici.

ITABIRA — A um quilômetro da cidade, existe a fonte "Águas Santas", muito procurada pelos habitantes dos arredores. Três poços, base magnesiana.

ITAMONTE — Águas medicinais em Engenho da Serra.

LEOPOLDINA — Fontes termais de Tebas, a 15 km. Muito procuradas.

MAR DE ESPANHA — Água mineral da Fonte Sarandi. Engarrafada e usada como água de mesa.

MIRAÍ — Fontes denominadas "Águas Santas" e indicadas no tratamento dos rins. Ficam próximas da cidade.

OURO FINO — Nas suas imediações, há uma fonte de água férrea, recomendada nas anemias, raquitismo das crianças e moléstia do aparelho digestivo.

PRATÁPOLIS — Excelentes termas medicinais, próximas. Procuradas por habitantes das cidades vizinhas. Relativo conforto para os turistas.

RIO PARANAÍBA — Águas sulfurosas inaproveitadas, em Arapuá, a 34 Km da cidade.

SANTA BÁRBARA — Águas termais, duas fontes, no Morro da Água Quente, a 3 km de Catas Altas.

VOLTA GRANDE 0151 Fontes magnesianas e cálcio-carbonatadas. Águas minerais das marcas "Vita" e "Soberana", engarrafadas, de grande aceitação.

27. NOVA LIMA

VERANEIO

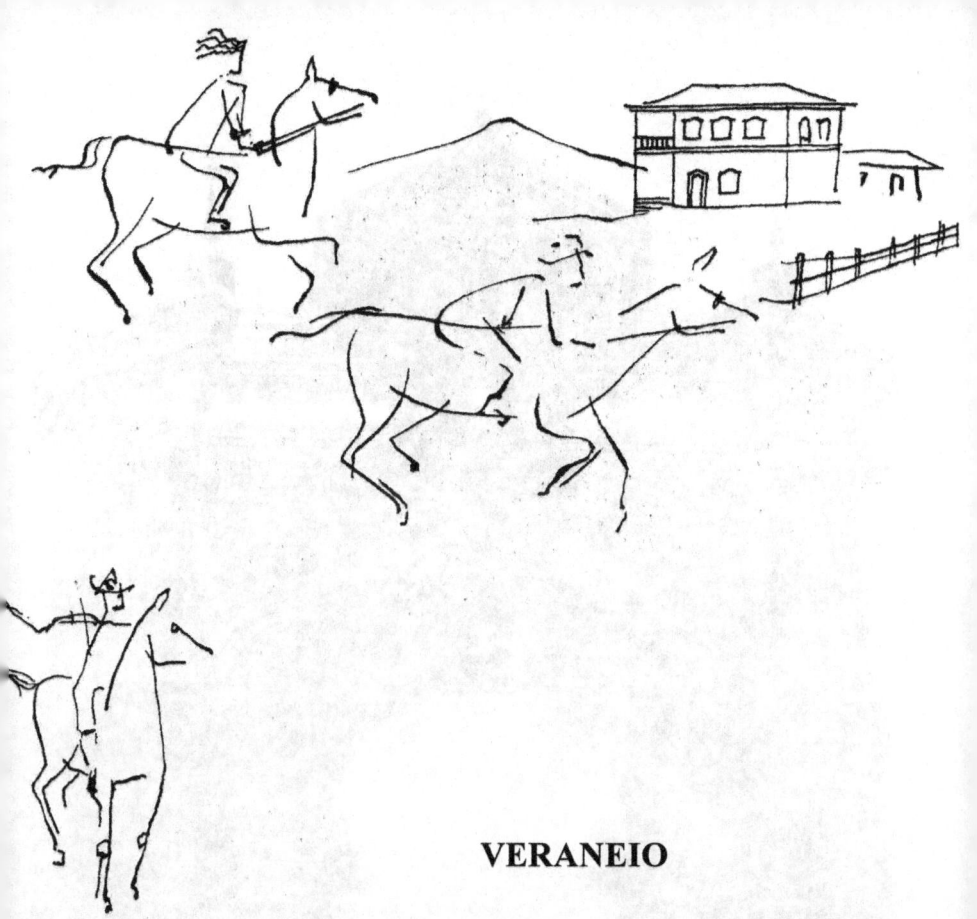

Todas as cidades balneárias são consideradas estações de veraneio. Podemos citar ainda, as seguintes localidades, indicadas para um período de repouso e recuperação:

28. NOVA LIMA

29. NOVA LIMA

LAGOA SANTA

Distante 37 quilômetros de Belo Horizonte, acha-se a cidade de Lagoa Santa, lugar recomendado para o passeio de um dia. Uma lagoa belíssima, de águas mansas e límpidas, recortada pela paisagem de verdes e casas de campo, com jardinzinhos e alpendres floridos. Pode-se nadar ou passear de barco. Há trampolins nas margens. Procure Lagoa Santa, para comer fruta. Principalmente o abacaxi. Abacaxi por toda a parte. Nas carrocinhas, nos bares, nas mãos de todo o mundo. E barato. Há laranjas, melancias, lima. E o clima da Lagoa, excelente, de ares puros. Aos domingos, os calções, as blusas vermelhas, os maiôs e os óculos escuros povoam as ruas da cidade. Muitos automóveis da Capital. E por falar em carro, a viagem até Lagoa Santa é ótima: uma estrada de primeira ordem, asfaltada, pistas largas. Se você não possui automóvel, o ônibus (que os há de hora em hora) o levará em 50 minutos, agradáveis. Existem hotéis e restaurantes, com pratos tipicamente mineiros.

De Lagoa Santa, você pode alcançar a Gruta Vermelha, a bela Gruta da Lapinha, a 19 km (essa, a mais visitada) e a Gruta dos Confins, a 12 km. Vai-se de carro, com estrada razoável.

SERRA DO CIPÓ

Lugar indicado para uma boa temporada de verão. Clima serrano, tranquilidade, deslumbrante visão panorâmica, leite de peito de vaca tirado na hora. Passeios a cavalo, banhos de cascata (afamados). Possui o Serra do Cipó Veraneio Hotel, estabelecimento que oferece certo conforto, e vários outros lugares de pousada. A localidade fica a 100 km de Belo Horizonte, por estrada boa, a metade da viagem sobre asfalto. É servida por muitos ônibus, que partem da Estação Rodoviária, na Capital de Minas.

HOTEL GROGOTÓ

Próximo de Barbacena. Moderno, confortável, oferecendo um ambiente calmo e repousante.

FAZENDA SALVATERRA

Perto de Juiz de Fora. Tradicional estação de veraneio. Charretes, lagoas, leite de curral etc...

EXCURSÕES

O ponto máximo de interesse, nas excursões, é Maquiné. O fabuloso "castelo de fadas" do Dr. Lund, é uma das maravilhas do mundo, encravada na rocha. Há outras localidades dignas de sua visita.

MAQUINÉ

Uma das mais famosas grutas do mundo. Depois das pesquisas e da descrição, feita pelo sábio dinamarquês Dr. Lund, Maquiné tornou-se conhecida como uma obra fabulosa, construída em séculos de sedimentação, pelo filtro paciente do tempo, no silêncio das águas, que se transformaram em sólidos descomunais.

É, realmente, uma visão estranha. Você penetra as galerias, com o coração pulando. É espantoso o desfile de maravilhas. Fantásticas formações calcárias, abóbadas de vasta dimensão e, em todas as suas câmaras, a deslumbrante procissão das estalactites. Massas colossais e brilhantes camadas de cristais. Inúmeras salas e corredores.

Maquiné fica a 4 quilômetros da cidade de Cordisburgo. Vai-se de Belo Horizonte à gruta em ônibus direto, que sai toda manhã da Rodoviária. Há hotéis em Cordisburgo e um barzinho perto da Gruta. Os arredores foram ajardinados e no interior da gruta foram instaladas moderníssimas instalações elétricas e renovadores de ar. Sem prejudicar sua beleza natural.

GRUTA DA LAPINHA

A 19 km de Lagoa Santa, no lugar denominado Lapinha, situa-se belíssima gruta. Não pode ser comparada a Maquiné, mas possui suas maravilhas: diversos salões e extensas galerias, recamadas de estalagmites e cristais. Impressionante variedade de formações.

Para ir-se a Lapinha, alcança-se primeiro Lagoa Santa, de ônibus ou automóvel, e daí, com mais 19 km de automóvel, atinge-se a gruta.

LAPA VERMELHA

Município de Lagoa Santa. Bonita, amplos corredores e salões. A Lapa Vermelha fica a 4 km de Vespasiano. Fácil de ser alcançada por ônibus e automóvel. Dista 31 km de Belo Horizonte, e acha-se à margem da estrada Belo Horizonte-Lagoa Santa...

GRUTA DOS CONFINS

Está situada no município de Lagoa Santa, próximo do povoado de Confins. Nela, foram encontrados os restos do homem pré-histórico brasileiro. É de acesso difícil.

NOVA LIMA

A mais profunda mina de ouro do mundo está em Nova Lima, uma cidade progressista, perto de Belo Horizonte. A mina pertence, hoje, à empresa Anglo-American Corporation. Suas galerias atingem 3 quilômetros de extensão. Curiosa, também, a vida da "Cidade do Ouro", cujas atividades giram em torno da empresa. Vai-se a Nova Lima, de ônibus ou de automóvel, em 30 minutos. A cidade fica a 16 km de Belo Horizonte, com boa estrada.

NEVES

Na cidade de Ribeirão das Neves está localizada a Penitenciária Agrícola do Estado, dos mais perfeitos estabelecimentos penais do país. O seu sistema de recuperação dos delinquentes vem contribuindo para a reintegração do marginal na sociedade. Vasta fazenda, cursos profissionais, oficinas, residências, campos de esportes e escolas, fazem da Penitenciária de Neves um estabelecimento modelo. Vai-se a Neves pelo ônibus direto, ou de automóvel, em 40 minutos.

CACHOEIRA DOURADA

Constitui um belo passeio. Pescarias, caçadas, e o espetáculo da grande queda d'água, majestoso. A Cachoeira fica na divisa Minas-Goiás. Para atingi-la, dirigir-se, primeiramente, a Uberlândia. Daí, vai-se de ônibus até Cachoeira Dourada.

TRÊS MARIAS

A grande barragem construída no Rio São Francisco, às margens da rodovia para Brasília, tornou-se, hoje, motivo de atração para visitantes. Há um clube de caça e pesca, passeios de barco, montarias, campo de esportes, etc. Tudo isso é privativo dos sócios. Mas a simples visita, sem a participação nos esportes, já é boa razão para uma viagem a Três Marias. Há um ótimo restaurante e um hotel aberto ao público.

OUTRAS GRUTAS

Além das grutas do Maquiné, Lapinha, Confins e Lapa Vermelha, já citadas no capítulo, existem em Minas Gerais outras, dignas da visita dos estudiosos e turistas.

Enumeramos as mais importantes, nas seguintes localidades:

BRASÍLIA DE MINAS — Lapa da Vargem. Grande, belíssima, colorida, com 12 km de extensão.

AÇUCENA — Lapa do Salitre, a 18 km da cidade.

ALPINÓPOLIS — Grutas da Aparecida e da Andorinha.

ARCOS — Bonita, a Gruta do Gonzaga, próxima da cidade.

BAEPENDI — Notável gruta no distrito de São Tomé das Letras, com inscrições.

BICAS — Lapa da Água Santa, com o "poço milagroso".

BOCAIÚVA — Gruta do Sumidouro, a 15 km da cidade.

BUENÓPOLIS — Várias grutas.

CALDAS — Gruta da Pedra Branca, a 8 km da cidade.

CAMPO BELO — Gruta da Natureza, muito bonita, a 15 km da cidade.

CARANGOLA — Gruta do Fervedouro.

CATAGUASES — Gruta do Horto Florestal, a 3 km da cidade.

CÁSSIA - Importante gruta, com inscrições indígenas, a 15 km da cidade.

CORAÇÃO DE JESUS — Lapa notável, a 3 km da cidade.

CÓRREGO DO BOM JESUS — Interessantes grutas, a 3 km.

CURVELO — Grutas da Cachoeira e do Tamboril, a 5 e 15 km, respectivamente, da cidade.

DIAMANTINA — Grutas da Talha Verde. São três, e situadas a 7 km da cidade.

GRÃO-MOGOL — Várias, destacando-se a Gruta do Cascalho, no distrito de Cristália, com 2 km de extensão e muitas galerias transitáveis.

ITABIRA — Gruta da Camarinha.

ITATIAIUÇU — Gruta de Itatiaiuçu.

JABOTICATUBAS — Muitas grutas. Destacamos a Lapa Maior, com inscrições. Fica a 12 km da cidade.

JANUÁRIA — Grutas do Monte e do Guarda-Mor, com desenhos rupestres. São belas.

JEQUITAÍ — Várias grutas. A mais importante é a Lapa Pintada, a 8 km, com inscrições e desenhos curiosos.

LAGOA SANTA — Vermelha, Confins e Lapinha, já citadas.

LIMA DUARTE — Interessantíssima a Furna da Serra do Ibitipoca.

MATOZINHOS — Várias e importantes grutas nos arredores.

MONTES CLAROS — Lapa Grande, com 1 km de extensão. A 12 km da cidade.

OURO PRETO — Gruta da Cascata, em Cachoeira do Carmo, Gruta do Itacolomi e a Lapa de Antônio Pereira, com a imagem de Nossa Senhora. Situada no distrito do mesmo nome.

PAINS — Notáveis grutas no enorme paredão calcário, a 6 km da cidade. Vale a pena a visita.

PARAOPEBA — Grutas da Lapa e da Estiva, próximas da cidade.

PEDRO LEOPOLDO — Gruta do Sumidouro, a 15 km da cidade.

PIUM-Í — Gruta do Zezé, com três salões. Fica no distrito de Perobas.

PRESIDENTE OLEGÁRIO — Perau das Andorinhas, a 2 km da cidade.

RIO PRETO — A 20 km, a Gruta do Funil, com o altar da Virgem.

SACRAMENTO — A belíssima Gruta dos Palhares, com piscinas naturais, a 2km.

SÃO JOÃO DEL-REI — Gruta da Casa de Pedra.

SÃO SEBASTIÃO DO PARAÍSO — Notável, entre outras, é a Gruta do Bosque, a 2 km da cidade.

VAZANTE — Lapa de Nossa Senhora a 3 km, com bonita imagem no nicho de pedra.

VESPASIANO — Lapa Vermelha, célebre pelas descobertas de Lund. Fica a 3 km da cidade.

30. CONGONHAS

31. IGREJA SÃO FRANCISCO DE PAULA - OURO PRETO

ÍNDICE DAS PRANCHAS COLORIDAS

Prancha 1. TIRADENTES: MATRIZ DE SANTO ANTÔNIO - MOTHER CHURCH OF SANTO ANTONIO - Detalhe dos arcos de sustentação do coro - Detail of the arches supporring the choir.

Prancha 2. TIRADENTES: MATRIZ DE SANTO ANTÔNIO - MOTHER CHURCH OF SANTO ANTÔNIO - Corpo de órgão rococó, o mais belo se conserva em Minas - Rococo case of the organ, the finest in Minas.

Prancha 3. TIRADENTES: MATRIZ DE SANTO ANTÔNIO - MOTHER CHURCH OF SANTO ANTÔNIO - Pintura da mísula de sustentação do órgão - Painted corbel supporting the organ.

Prancha 4. CONGONHAS DO CAMPO - SANTUÁRIO-BASÍLICA DO SENHOR BOM JESUS DE MATOZINHOS - SANCTUARY OF OUR GOOD LORD JESUS OF MATOZINHOS- Adro e fachada - The parvis and the church front.

Prancha 5. CONGONHAS DO CAMPOS - SANTUÁRIO - BASÍLICA DO SENHOR BOM JESUS DE MATOZINHOS - SANCTUARY OF OUR GOOD LORD JESUS OF MATOZINHOS - Altar-mor - The high altar.

Prancha 6. MARIANA - Rua Nova, vendo-se as torres das igrejas do Carmo e de São Francisco de Assis 1- Rua Nova with the towers of the Carmelite and Franciscan churches in the background.

Prancha 7. MARIANA - CATEDRAL-BASÍLICA - THE BASILICA - Capela-mor, com seu altar que deve datar da década de 1720 - The chancel, with an altar probably dating from the 1720's.

Prancha 8. MARIANA - CATEDRAL-BASÍLICA - THE BASILICA - Órgão, instalado em 1753 - Organ, installed in 1753.

Prancha 9. CONGONHAS DO CAMPO - Judas - figura esculpida por Aleijadinho - Figure carved by Aleijadinho.

Prancha 10. MARIANA - IGREJA DA ORDEM TERCEIRA DE SÃO FRANCISCO DE ASSIS - CHURCH OF THE THIRD ORDER OF ST. FRANCIS OF ASSISI - Frontão da portada - Pediment over the doorway.

Prancha 11. MARIANA - IGREJA DA ORDEM TERCEIRA DE SÃO FRANCISCO DE ASSIS - CHURCH OF THE THIRD ORDER OF SAINT FRANCIS OF ASSISI - Vista geral do teto da nave, tomada da capela-mor - Ceiling of the nave, viewed from the chancel.

Prancha 12. A MUSEU ARQUIDIOCESANO - ARCHIDIOCESAN MUSEUM - Imagem de São João Nepomuceno, de autoria do Aleijadinho e datável de cerca de 1790 - Statue of St. John Nepomuk, carved by Aleijadinho around 1790.

Prancha 13. OURO PRETO - VISTA DA CIDADE - VIEW OF THE CITY - Bairro de Antônio Dias - Bairro (quarter) of Antonio Dias.

Prancha 14. OURO PRETO - VISTA DA CIDADE - VIEW OF THE CITY - Igreja de São Francisco de Assis, projetada pelo Aleijadinho e por ele principalmente ornamentada - Church of Saint Francisco Assisi, built to the plans of Aleijadinho and largely decorated by him.

Prancha 15. OURO PRETO - VISTA DA CIDADE - VIEW OF THE CITY - Em primeiro plano, a Matriz, mais adiante São Francisco de Assis, e no topo do morro o Museu da Inconfidência e as Torres do Carmo - The Mother Church in the foreground, Saint Francis of Assisi in the middle distance, e Inconfidência Museum and the towers of the Carmelite church in the left background.

Prancha 16. OURO PRETO - VISTA DA CIDADE - VIEW OF THE CITY - Bairro do Pilar: ao alto do morro o Museu e a Igreja do Carmo - Bairro of Pilar, with the Museum and the Carmelite church on the hilltop.

Prancha 17. OURO PRETO - VISTA DA CIDADE - VIEW OF THE CITY - Ladeira do Vira-Saia, conducente à Igreja de Santa Efigênia, dominando a paisagem - Vira-Saia hill in Antônio Dias, with St. Ephigenia's at the topo

Prancha 18. OURO PRETO - VISTA DA CIDADE - VIEW OF THE CITY - Rua do Barão do Ouro Branco, tendo em primeiro plano um chafariz construído por Manuel Francisco Lisboa, o pai do Aleijadinho - Rua do Barão de Ouro Branco: in the foreground, a fountain built by Manuel Francisco Lisboa, Aleijadinho's father.

Prancha 19. OURO PRETO - VISTA DA CIDADE - VIEW OF THE CITY - Praça Tiradentes: a "Casa da Baronesa", sede local dos serviços de conservação do Monumento Nacional realizados pela D.P.H.A.N. - The "Casa da Baronesa" in the Praça Tiradentes, local headquarters of the "Patrimônio" (D.P.H.A.N.), charged with the upkeep of the city, now a national monument.

Prancha 20. OURO PRETO - VISTA DA CIDADE - VIEW OF THE CITY - Vista da procissão de Corpus Christi - View of the Corpus Christi procession.

Prancha 21. OURO PRETO - VISTA DA CIDADE - VIEW OF THE CITY - Vista da procissão de Corpus Christi - View of the Corpus Christi procession.

Prancha 22. OURO PRETO - VISTA DA CIDADE - VIEW OF THE CITY - O pintor Takaoka na ponte de Antônio Dias, trabalhando - Painter Takaoka sketching on the Antônio Dias bridge.

Prancha 23. OURO PRETO - IGREJA DA ORDEM TERCEIRA DE NOSSA SENHORA DO CARMO - CHURCH OF THE THIRD ORDER OF OUR LADY OF CARMEL - Fachada e adro - The front and the plaza.

Prancha 24. OURO PRETO - MUROS DE ARRIMO - OLD RETAINING WALLS - Escada dando acesso aos recantos do Jardim Botânico - Staircase leading to the Botanical Gardens.

Prancha 25. OURO PRETO - MUROS DE ARRIMO - OLD RETAINING WALLS - Baluartes do Palácio do Governo - Fortifications of the Governor's Palace.

Prancha 26. OURO PRETO - IGREJA DA ORDEM TERCEIRA DE SÃO FRANCISCO DE PAULA - CHURCH OF THE THIRD ORDER OF ST. FRANCIS OF PAULA - Estátuas ornando o adro, em faiança do Porto, meados do século XIX - Glazed earthenware statues from Oporto on the plaza, dating from middle of the nineteenth.

Prancha 27. OURO PRETO - MUSEU DE OURO PRETO - Retábulo - Retable.

Prancha 28. CONGONHAS DO CAMPO - SANTUÁRIO - BASÍLICA DO SENHOR BOM JESUS DE MATOZINHOS - SANCTUARY OF OUR GOOD LORD JESUS OF MATOZINHOS - Relicários - Reliquaries.

Prancha 29. OURO PRETO - IGREJA DE SÃO FRANCISCO DE ASSIS - CHURCH OF SAINT FRANCIS OF ASSIS - Altar-mor - The high altar.

Prancha 30. OURO PRETO - IGREJA DE NOSSA SENHORA DO CARMO - CHURCH OF OUR LADY OF CARMEL - São João Evangelista - Saint John Evangelist.

Prancha 31. OURO PRETO - MUSEU DE OURO PRETO - Figura de Presépio de autoria do Aleijadinho - Figure of Creche, carved by Aleijadinho.

Prancha 32. OURO PRETO - MUSEU DE OURO PRETO - Figura de Présepio de autoria do Aleijadinho - Figure of Creche, carved by Aleijadinho.

Este livro foi composto com a tipografia Times New Roman
e impresso pela Meta Brasil.